おいらん同心捕物控

わかつきひかる

小説文庫

目次

第一章　月夜の桜

一

隅田川縁《すみだがわべり》は、押すな押すなの盛況であった。

桜の花はまだちらほら咲きで、見頃には早いというのに、気の早い江戸《えど》っ子たちは、待ちきれぬとばかりに夜桜見物にやってくる。

木と木の間に渡した縄に幕を張って囲いをつくり、花莚《はなむしろ》の上であぐら座りになり、煮物を肴《さかな》に酒を酌み交わしている武士たちがいれば、俳諧《はいかい》を詠んで短冊に筆を走らせている粋人がいる。子供の手を引きながら桜の木の下をそぞろ歩く若夫婦がいる。

二月（旧暦）もそろそろ終わろうとする、早春の宵だ。

水温《ぬる》む頃である。

昼日中は羽織がいらないほど暖かいときもあるとはいえ、夜は冷える。

肌寒さを吹き飛ばすかのように、老いも若きも、男も女も、武士も町人も、それぞれにせつなの春を楽しんでいる。

「綺麗《きれい》な月ですな」

「ほんとうに」

花見につきものの歌い騒ぐ声が聞こえないのは、盆のような丸い月が玲瓏《れいろう》と輝いているせいかもしれない。

月には、人を冷静にさせる何かがある。

開きかけの桜の花が月に照らされている様子は、どこか淋《さび》しげで、満開とはまた違う風情がある。

桜の木の下に、町娘が座りこんでいた。

花見のためにあつらえたらしい緋色《ひいろ》の花見小袖《こそで》を着て、菊桐文様の錦《にしき》帯を文庫に結っている。

割れしのぶに結った髪に銀細工のびらびら簪《かんざし》、乱れた着物の裾《すそ》から、浅葱色《あさぎいろ》の胴裏と、緋縮緬《ひぢりめん》の襦袢《じゆばん》が覗《のぞ》いている。掛け衿《えり》は、刺繍《ししゆう》を施した豪勢なもの。大店《おおだな》とまではいかないものの、そこそこ裕福な商家の娘、といういでたちだ。

花見客のひとりが、異常に気づいた。

「おい……」

娘はぴくりとも動かない。手足を投げ出し、首をがっくりうなだれて、壊れた人形のように座っている。

血の気の失《う》せた顔は、青ざめていた。

木の陰になっていてよく見えないが、首のあたりから墨汁がぶちまけられているように見える。

「なんか、あの娘、おかしくないか」

「どうしたんだろう？　気分が悪いんだろうか？」

そもそも、こんな時間に商家の箱入り娘が、供を連れず、ひとりで座りこんでいること自体が異常であった。

人だかりがしてきた。

みな息をひそめて娘を見ている。

「なんだよ、この匂い……？」

娘の周囲から、甘ったるい香りが漂っている。

鉄臭い血の臭いと、着物に焚《た》きしめる香の香りが混ざり合って、果物が腐ったような香りになっている。

そのとき、村雲が払われて、月明かりがいっそう鮮やかに降り注ぎ、娘を照らした。

「死んでるっ！」

誰かが叫んだ。

娘は、喉《のど》を突かれて死んでいた。

胸のあたりに散った黒々とした染みは、鮮血だったのである。

悲鳴がほとばしった。

「医者だっ」

「鍼《はり》医者はだめだ。蘭学医をっ」

「誰か自身番に！」

「同心の兄さんを呼んできなっ」

たちまち大騒ぎが起こった。

血の臭いに混ざって漂う香の匂いが、春宵の闇に溶けていく。

二

吉原《よしわら》、仲《なか》の町《まち》、大通り。

桜並木の下を、花魁《おいらん》が道中していく。

「見事だねぇ。綺麗じゃないか。起きたら桜が咲いているなんて、手妻（手品）を見ているようだ」

今まで何もなかった大通りの中央に、桜並木が一夜にしてできている様子は壮観で、道中のさなかの花魁が、鈴を振るような声でつぶやく。

花魁に長柄傘を差し掛ける男衆《おとこし》が答える。

「へいっ。花魁。明け方に植木屋が来て、ワーッと植えたのでございます。そりゃもう見事な手並みでございました」

吉原では、桜は花の時季だけ植えて、花が散ったら引き抜いていた。

植木屋が桜の花を植えるのは、泊まり客が帰ったあとの明け六ツ（早朝五時頃）から朝四ツ（九時半頃）までの二刻《ふたとき》（四時間）ほどだ。

その時間、二度寝の床についている遊女は、植木屋の仕事ぶりを見ることはない。

吉原に住んで十三年になるのだが、一夜にして現れた桜並木に驚かされるのが、春の恒例行事になっていた。

「今年は桜が早いねぇ。まだ三月にもなってないんだよ」

「へいっ。このところ、急に暖かくなったからでござりやしょう。植木屋も、花の咲きが早すぎると愚痴をこぼしておりやした」

まだ五分咲きで、見頃には少し早いものの、桜の花は美しい。

「綺麗だねぇ」

花魁はほれぼれと桜を見上げた。

「綺麗だね」

囁《ささや》く声が聞こえてきた。

「そりゃあ、呼び出し昼三《ちゅうさん》(最高位)の花魁だもの」

「真っ昼間の桜の下の花魁道中なんて、乙粋《おつりき》だねぇ」

「あれは大坂屋《おおさかや》の綾音《あやね》太夫だな」

「運がいいな。昼見世《みせ》で、綾音太夫の道中を見られるなんて」

吉原では、昼見世と夜見世がある。

吉原が賑《にぎ》わうのはやはり夜見世のほうだ。したがって、昼見世の花魁道中は夜見世に比べると少なくなる。

「綾音太夫って、床上手だと聞くよ。吸いつくような白い肌で、ほくろひとつないらしい。一度でいいから、あんな女と枕を交わしてみたいものだねぇ」

「揚代《あげだい》がすごくかかるんだろう?」

「花魁と同衾《どうきん》しようとしたら、茶屋遊びをしたりして、いろいろお金がかかるそうだからね」

「綾音太夫は、教養もすばらしいらしいよ」

「あの美しさは、生娘じゃ出ないね」

花魁を褒めそやすのは男たちばかりではない。

花見に誘われてやってきた娘たちも、憧憬《しょうけい》の色を露《あら》わに花魁を見ている。

「なんて美しいのでしょう。天女のようです。綾音太夫っていくつなの？」

「十八歳だそうよ」

「さすが綾音太夫ですね。打ち掛けの好みが洒落《しゃれ》てらっしゃること」

綾音太夫は、雑談をやめて、口元に笑みを浮かべた。右頬のえくぼがへこみを増し、人形のように整った顔に愛らしさを加える。

そして、太夫は、道脇に立っている素見《すけん》ぞめき（ひやかし）の客たちに、流し目をくれた。目尻《めじり》に差した紅がいっそう映える。

吉原いちの花魁の、品が良く婀娜《あだ》な容色に、声にならないため息が渡っていく。

綾音太夫は、京町《きょうまち》一丁目の大見世、大坂屋でお職を張っている花魁である。

お職とは筆頭遊女の意味である。

花魁道中は、花魁が起居する見世から、客の待つ引手茶屋に赴く道中だ。権勢を誇る花魁は、開きかけの桜の花が恥じ入るほどの華やかさで、吉原見物にやってきた客たちを魅了する。

花魁道中の先導をするのは、大坂屋の定紋である桔梗《ききょう》紋入りの箱提灯《はこぢょうちん》を持った若い衆。切り下げ髪に赤い着物の二人の禿《かむろ》。

道中の主役たる綾音太夫は、島田に結った髪に鼈甲《べっこう》の笄《こうがい》と簪をいくつも挿し、衿を返した緋色の長襦袢に中着を纏《まと》い、綾錦《あやにしき》の帯を前で結んでいる。

ひときわ豪華なのは、前に結んだだらりの帯と、鳳凰《ほうおう》の刺繍を施した打ち掛けだ。外八文字に練り歩くたび、六寸（十八センチ）の高下駄《げた》と打ち掛けの間から、白い素足がちらりと見えてなまめかしい。

花魁の斜め後ろを歩くのは、傘を差し掛ける男衆。花魁のすぐあとを振袖新造（花魁見習い）と番頭新造（付き人）が歩いて行く。

「よっ。綾音太夫っ！」

芝居見物のように声が掛かるたび、花魁は声のほうを見て流し目をくれる。

いつもは登楼目的の遊冶郎《ゆうやろう》（道楽者）が目立つ仲の町の大通りも、花見の時季は若い娘たちが多く華やかだ。

吉原は、男性は出入り自由だが、女性は引手茶屋か四郎兵衛会所《しろべえかいしょ》に願い出て、あらかじめ通行切手を発行してもらわなくてはならない。

女が吉原見物をするには、手間と金子がかかるのだが、花見のような催し物があるときは女性客が多くなる。

娘たちはみな、憧れのまなざしで太夫を見ている。

綾音太夫に限らず吉原の花魁は、江戸の娘たちの流行を作り出す存在だ。

娘らは、風呂敷《ふろしき》包みだの巾着袋《きんちゃくぶくろ》だのを胸に抱いていた。吉原名物の巻煎餅《まきせんべい》や最中《もなか》の月（あんころ餅《もち》）、簪や白粉《おしろい》などの土産を買っているからだ。

怒声が聞こえた。

前方で、男と若い衆がもみ合っている。

緊迫した雰囲気に、素見の娘客が悲鳴をあげる。

「花魁っ！　止まってくだせえ」

先導する男衆が厳しい表情を浮かべて立ち止まり、行く手を遮るように腕を伸ばした。

そして、長柄傘を差し掛けている同輩と目配《めくば》せを交わす。

花魁道中が止まったことに、見物の客達は不満そうなため息をついた。

「妹をどこへやった⁉　隠しているのではないかっ」

「お客さん、どうぞお静かに。ここは吉原でございます。そのように騒ぎなさるのは、野暮というものでございます」

「年季が明けたから今から帰るって文《ふみ》が来たのに、妹が帰ってこないんだっ！」

あまり裕福そうではない町人だった。まだ若いのに、年を取って見えるのは、くたびれた着物を纏っているからだろう。やつれた顔立ちに必死の形相を浮かべている。

綾音太夫は、わずかに眉根《まゆね》を寄せてもみ合う男たちを見た。

吉原は夢の国。

浮き世のうさを忘れるところ。

地位も身分も関係なく、男も女も、老いも若きも、絢爛《けんらん》豪華な夢の世界を堪能《たんのう》する。

遊女を格子越しに冷やかすのもよし。

花見だけして帰るもよし。

引手茶屋での芸者と幇間《ほうかん》（太鼓持ち）をあげての宴席を楽しみ、花魁と枕を交わして紅雲の夢を見るもよし。

揚屋町《あげやまち》の店で、吉原土産を買うもよし。

辻《つじ》に立つ易者に手相占いをしてもらうもよし。

大門《おおもん》の外ではありえない豪華な湯屋で汗を流すもよし。

金子があるならあるなりに、金子がないならないなりに楽しめるのが、吉原という異世界だった。

それだけに、若い衆たちは、もめ事を嫌う。

男衆は腰が低いが、腕は立つ。彼らは亡八術という体術を修めていて、荒っぽいこともしてのける。治外法権の吉原において、自警団ともいえる存在だ。

騒ぎ立てる客は、彼らによって痛めつけられ、たたき出されるのが常だった。

まして今は花見の時季。

人出の多い頃だから、男衆はいつも以上に気が立っている。

「お峰《みね》っ、お峰はいないかっ。兄《あん》ちゃんが来てやったぞっ。兄ちゃんと一緒に帰ろう！　どこにいるんだ、お峰っ！」

男は周囲を見渡し、大声をあげている。

彼は年季が明けたにもかかわらず帰ってこない遊女の兄で、妹のお峰を迎えに来たらしかった。

「お峰ちゃん？」

太夫の後ろで、囁く声がした。太夫はそっと振り返った。

振袖新造のお藤《ふじ》が顔を青くさせている。

「家に帰ってないの？　年季が明けたのに？　どうして？……」

「お藤ちゃんっ！　道中のさなかだよっ」

番頭新造のお咲《さき》が、お藤を叱りつける。

「でも、お峰ちゃんは、あちきの友達なんだよ……。年季明けを祝ったばかりだったのに」

「しっ！　お藤ちゃんがうわつくと、姐《あね》さまの恥になるんだよっ‼　お藤ちゃんは、姐さま付きの振袖新造《ふりしん》なんだよっ」

「あっ、あぁっ、そ、そうだね……」

お咲とお藤が小声で話をしている。

五人ほどの若い衆が、男を取り囲み、腕をがしっとつかんだ。

「お客さん、道中の邪魔だ。花魁《おいらん》が困っていなさる。こちらで話を伺いましょう」

綾音太夫は同情の視線で男を見た。

そのとき、涼やかな声が掛かった。

「待て」

眉目秀麗《びもくしゅうれい》な若侍だった。懐手をして立っている。

年の頃は二十代の半ば。

月代《さかやき》をきちんと剃《そ》った銀杏髷《いちょうまげ》、継裃《つぎかみしも》に平袴《ひらばかま》、白足袋《たび》に白鼻緒の雪駄《せった》履きで、すっきりしたいでたちだ。

二本差しを見るまでもなく、武士であることがひとめ見てわかる。

「お侍さん、どうなさったんですかい？」

若い衆が、瞳《ひとみ》に剣呑《けんのん》な色を光らせながら言った。

「この一件、中村《なかむら》に預からせてくれないか？」

中村と名乗った若い侍は、懐に入れていた手をゆっくりと出した。

朱房の十手が握られている。

十手を男衆《おとこし》に見せつけたあと、再び帯に挿して継裃で隠した。

「このお侍さん、与力だよ」

「いい男だと思ったら……」

「役者並みの二枚目だと思っていたんだよ」

囁く声がした。

鳶《とび》（火消し）と与力と力士は、江戸の三男と言われて、粋《いき》でいなせな男前の代名詞であった。

「お侍さん、与力でいらっしゃるのですかい？」

若い衆が揉《も》み手《で》をするようにして聞いた。

「北町奉行所配下諸色掛《しょしきがかり》中村数馬《かずま》である。数日前から、吉原一帯を担当するようになったゆえ、よしなに頼む」

若い衆の間に苦笑の気配が渡った。

さすが客商売だけあって、一瞬で表情を改めたが、数馬を侮る気配は隠し切れるものではなかった。

諸色掛は、物価の高騰を抑えるために諸色（物の値段）を調べる掛（役職）である。与力を長く務めた初老の熟練者がなることが多く、閑職とされていた。名誉職であるものの、警備の任につかないため、取り締まりをすることはほとんどない。

「諸色掛にしちゃ、お若いようですが？」

「二十五歳にあいなったが、それがしの年齢など、そのほうに関係なかろう」

「へい。おっしゃる通りで。……中村様が、お取り調べをされるのですかい？」

男衆は、神妙な表情を繕っているが、言葉の端に中村という与力を軽んじている雰囲気が滲《にじ》んでいる。

無礼だと怒ってもよさそうなものなのに、数馬はあくまで冷静だ。

「それがしは取り調べをする権限はないが、番所に連れて行くことにしよう」

「へい。そうして頂けると助かりやす。吉原に来たお客さんに、楽しい時間を過ごして頂くのが、我らのつとめでござります」

「わかっておる。お役目ご苦労である。……そのほう、それがしと行こう。なに、悪いようにはせぬ。事情を聞かせてもらったうえで善処することを約束しよう」

「へえ。お侍さん……俺はもう、どうしていいかわかんねぇんだ……」

お峰の兄は、手の甲で涙を拭《ぬぐ》いながら、しおしおと肩を落とし、与力のあとをついていく。

「花魁、行きますよ」

道中の先導をする男衆が言った。

「ああ」

綾音太夫が頷《うなず》く。

「大坂屋お職、呼び出し昼三花魁、綾音太夫、道中にございまするー」

若い衆の声が朗々と響き、他の男衆が唱和する。

「花魁道中にございますーっ」

「道中にございまする。道をお空けくださいますようー」

男衆によって声が渡っていき、花魁道中が再開された。

三枚刃の高下駄《げた》を斜めに倒し、外八文字にねり歩く太夫と、町人の背中を押しながら歩く与力の視線が絡みあい、すぐに離れた。

誰も気づかないほどの、ほんの一瞬のことだった。

三

引手茶屋の座敷では、宴席が賑《にぎ》やかに繰り広げられていた。

卓の上には、料亭から取り寄せた小鉢料理がずらりと並んでいる。幇間が座を盛りあげ、地方芸者が三味線を弾き、立方芸者がかっぽれを踊る。

お酒の匂い、料理の匂い、女たちの着物から漂う香の匂い、楽しげな会話と笑い声。

ツツンシャンと三味の音。

華やかな雰囲気が、いやがうえにも盛りあがる。

綾音太夫は禿《かむろ》のうさぎととんぼを従えて奥の席に横座りになり、すまし顔を装いながら、接客中の振袖新造《ふりそで》を眺めていた。

初会客の宴席では、花魁の仕事は、花を添えること。

会話もせず、酌もせず、ものも食べず、お姫様のように座敷にいて、存在感を見せつける。

初会は顔合わせだけで、枕を交わすのは、裏を返して（再度来て）からが吉原の不文律だ。

――お藤ちゃん。上の空だね。

お藤は、客と話しながら、にこにこと笑っているが、こころをどこかよそに置き、うわべ三分で応対しているのが綾音太夫にはわかる。

客がそらぞらしさを感じずにいるのは、お藤が楚々《そそ》とした美少女で、接客の技巧に優れているからだ。

『お峰ちゃん？　家に帰ってないの？　年季が明けたのに？　どうして？……』

さっきの花魁道中で、お藤が呟《つぶや》いていた。

お峰という友達がいるとお藤から聞いたことがある。峰は西河岸の散茶だそうだ。

散茶とは、クズ茶のことで、急須《きゅうす》を振らなくてもお茶が出ることから、客を振らないという意味で下級遊女のことをさす。

西河岸は、口さがない客たちからは鉄砲河岸とも呼ばれ、鉄砲に当たるように、病気持ちの遊女に当たる可能性が高いといわれている。

お峰は、たしか十八歳ほどの娘盛りだったはず。

散茶がこれほどの短期間で証文を巻き（借金を返し）自由の身になることは珍しい。

お藤は、友人の散茶の行方がわからなくなった衝撃をまだ引きずっている。

綾音太夫は、煙管《キセル》を手のひらに打ちつけた。

ぱん、と乾いた音がした。

卓を拭《ふ》いたり、猪口《ちょこ》の位置を整えたり、それとなく気を回していた番頭新造のお咲が振り返り、綾音太夫を見る。

――お咲ちゃん。お藤ちゃんに注意を促しておくれな。

お咲に目で合図をすると、心得たとばかりに頷いてくれた。咲も同輩の上の空ぶりは気になっていたのだろう。

本来なら年配の遊女がなる番頭新造の地位に、十八歳の咲がついているのは、彼女の利発さによるものだ。

お咲は平凡な顔立ちで、美貌《びぼう》という点ではお藤に劣るものの、気働きのうまさにおいて彼女の上を行く遊女はいない。

番頭新造が空いた皿を片付けるフリをして、それとなくお藤に耳打ちした。綾音太夫の位置からでは、会話の内容まではわからないが、振袖新造の肩がピクッと震えたのが見て取れた。

──これでもう大丈夫だね。これ以上気の抜けた接客をされると、主《ぬし》さま（客）に気づかれてしまうよ。

宴席を催した客は、初会の客で、大店《おおだな》の主人らしい壮年の男性だ。

憲房染色の小紋文様の小袖に黒八丈の羽織と洒落《しゃれ》めかしているが、羽織紐《ひも》は平織で、どこか野暮ったく、登楼のために精一杯装ってきたようにも見える。

小間物屋や呉服屋の旦那《だんな》ではなく、材木屋や廻船《かいせん》問屋か、あるいは米問屋であろう。

武士だろうが町民だろうが、金の多寡で扱いが決まる吉原において、客の仕事内容を、花魁が聞くのははしたないとされていて、綾音太夫はそれとなく初会客を観察する。

初会客なので、綾音太夫が知っている情報は菱沼《ひしぬま》という名字だけ。

「主さま、どうぞ」

お藤が徳利を勧めるが、壮年の旦那は、猪口を卓に置いた。

「うむ。もういい」

「あい」

「ところでそなたはどこの白粉《おしろい》を使っているのだね？」

「は、白粉でありいすか？　私は吉原の揚屋町にある小間物屋で買ったり、姐《あね》さまから頂いたり、いろいろでありいす」

お藤は、客の意外な質問にとまどいの表情で答えている。

「では、綾音太夫は、どこの化粧品《けわいひん》を使っているのだね？」

「姐さまは、小町紅《こまちべに》がお好きでありいす」

「おお、あの、太夫のつけている、玉虫色に光る口紅は、小町紅か」

「あのう、主さま、つかぬことをお聞きしますが、女《おなご》の化粧《けわい》のことなど、どうしてお聞きになるのでありいすか？」

「娘が綾音太夫に憧《あこが》れているのだよ。綾音太夫のようになりたいと申しておる。『あやねこのみ』が好きでのう」

『あやねこのみ』というのは、呉服屋の白木屋《しらきや》と、小間物屋の大和屋《やまとや》、それに布団問屋の花田屋《はなだや》に頼まれて、綾音太夫の好みを反映させて作る反物や帯や掛け衿《えり》、簪《かんざし》や布団のこと。新柄を出すときは、若い娘たちがこぞって店にやってくる。

「ほんにそれは嬉《うれ》しいこと。姐さまも、お喜びになるでありいすよ。茶屋遊びは殿方の遊びと決まったわけではありいせん。お嬢様もおいで遊ばれたらよろしんす」

「あはは、そうだな」

「主さまにお逢《あ》いしたのは、はじめてではないような……。あちきは主さまに、どこかでお逢いしたことがありしんす」

「おお、さすが綾音太夫付きの振袖新造、そうやって男の気を引くのだね。私は菱沼というのだよ。逢ったのは初めてだろう？」

客はまんざらでもなさそうな顔をしているが、振袖新造が姐遊女である綾音太夫を差し置いて、客に媚《こ》びを売るのは、いかにもまずい。

「まぁ、あちきは本気で言っておりますのに……」

番頭新造のお咲が、お藤の脇を指でつついて注意を促すが、お藤は大きな目を見開いて、客の顔をみつめている。

——どうしたんだろう。お藤ちゃんはあんな子じゃないのに。お峰さんのことも気になるし、あとでお藤ちゃんに聞いてみよう。

——菱沼っていうこの客のこと、お咲ちゃんにも聞いてみよう。

咲は利発だ。同輩の藤のこともよく見ている。咲なら何か知っているに違いない。

「主さまが二枚目であらしゃるから、お藤も岡惚《おかぼ》れするのでありんしょう」

番頭新造のお咲がすかさず言った。

笑い声が弾《はじ》けた。

「迷惑拳《けん》しましょうか」

芸者衆が声を掛けた。

「よしきた」

菱沼が袖《そで》をまくる。

三味線をかき鳴らしながら、芸者が歌う。

藤と菱沼が向かい合い、手遊びをする。

「ちょんきな、ちょんきな、ちょんちょん、きなきな、ちょんがなのはで、ちょちょんがほい」

「ほい」で指を頭の横に二本立てて狐に見立てるか、指で相手を指し示し、鉄砲に見立てるか、あるいは両手を胸の前で広げて盾に見立てるかのどれかをする。狐は鉄砲に負け、鉄砲は盾に負け、盾は狐に負ける。

「勝った！」

「罰杯でありいす。主さま、どうぞ」

「ええ。わしが飲むのか？」

「あい。負けた人の隣の人が罰を受けるから、迷惑拳と言いしんす」

「参った」

芸者衆と新造たちの高い声がはじけ、笑い声が起こる。

おかしくなったお座敷の雰囲気が元に戻った。綾音太夫は花のように笑いながら、お座敷を見守っていた。

四

深川《ふかがわ》。朝顔長屋。

名前のいわれは、夏になれば、自生している朝顔が長屋の塀につるを伸ばし、涼しげな花を咲かせるからだ。

江戸っ子は朝顔が好きだ。朝の一瞬だけ鮮やかに咲き、昼にはしぼむ思い切りの良さが、江戸町民の美的感覚をくすぐるのだろう。

朝顔長屋の夏は華やかだが、春はどこか寒々しい。だが、それでも、三月（旧暦）に入ると、お天道様は明るく輝く。

綾《あや》は、縁側から差しこむ暖かい陽ざしを浴びながら、男物の着物を畳んでいた。

「おお、今日は暖かいねぇ。お綾ちゃん。いるかい？　お裾《すそ》分けだよー」

綾は、隣家のおかみの訪問に腰をあげた。

引き戸を開けると、皿をにゅっと差し出された。竹の子の煮付け。春のご馳走《ちそう》だ。

綾はありがたく受け取った。

「わっ。竹の子ですね。うれしいっ」

「煮付けてあるから、お菜に食べな」

「いつもありがとうございます」

「こっちこそ、子供がうるさくて悪いねぇ」

隣家のおかみは、背中におぶっている赤ん坊を揺すりあげながら言う。

「おや、男物の着物だね」

「商売ものですよ。縫いあがったばかりで、今からお届けに行くんです」

「なんだ。お針の仕事なのかい。お綾ちゃんに好《い》い人ができたのかと思ったよ」

「ふふ、私にはそんな人いませんよ」

綾は、小首を傾げると、櫛《くし》巻きに結った髪の根に、吉丁簪を挿し直した。

「番茶も出花の十八娘が、そんなことでどうするんだよ。評判の小町娘のくせにさ。さっさと好《い》い人をみつけて、嫁に行くんだね。せっかくの器量を生かさなくてどうするんだい。死に別れたっていうお綾ちゃんのお父《と》っつぁんもおっ母《か》さんも、お綾ちゃんが幸せになるのを願っているよ」

綾は、同意も反論もせず、にこにこ笑って聞いていた。笑うと頬のえくぼが深みを増し、人形のように整った顔に愛らしい色を添える。

両親に死に別れ、お針で生計《たつき》を立てている器量よしの小町娘。それが綾たちが描いた絵だ。

飛脚の夫を持つ隣家のおかみは、独り身の綾を気にして、なにくれとなく世話をやいてくれる。

わずらわしいと思うときもあるが、綾は長屋ぐらしが嫌ではなかった。

お役目があるため、朝顔長屋で起居できる日はわずかだったが、このお節介なほどの近所づきあいが心地よい。

綾が一度は失ってしまった、江戸っ子たちの平凡で幸せな日常がある。

綾がここにいられるのは、たくさんの偶然が重なってできた奇跡的な僥倖《ぎょうこう》だ。

「お針の仕事で頭がいっぱいで、お嫁なんて考えられません。お針のご用命がありましたら、ぜひ私にご依頼ください」

「お綾ちゃんに頼むと、高くつくんだろ？　旗本のお姫様の婚礼衣装を縫っているって言ってなかったかい？」

「はい。高価な着物を縫うときは泊まりこみになりますが、浴衣《ゆかた》でも木綿でも古着の縫い直しでも大丈夫ですよ。洗い張りからやりますので」

「あはは。遠慮するよ。お姫様の婚礼衣装を縫うお針子に、古着の洗い張りなんて頼めない。昨日も泊まりだったのかい？」

「いえ、昨晩帰ってきました。木戸が閉まるギリギリだったんですよ」

「夜道を歩いて帰ってきたのかい？」

「はい」

「それはよくないねぇ。最近物騒だから、気をつけたほうがいいよ。若い娘が辻《つじ》斬りに遭う事件が連続しているんだよ」

「知りませんでした。そんなことがあったんですか？」

「そりゃそうか。呉服屋に泊まりこんでいたんだから、知らなくて当然だね。私も井戸端で聞いたんだけど、瓦版《かわらばん》に出ていたそうだよ。器量よしの若い娘が三人も斬られているんだって」

「怖いですね」

「三人とも大店の娘だそうだが、全員が緋色《ひいろ》の小袖を着ていたそうだよ。お綾ちゃんも、緋色の小袖はやめておくんだね。岡っ引きの兄さんも、緋色小袖の娘を見たら、家に戻って別の色に着替えるように忠告しているそうなんだ」

おかみは声をひそめて言った。

――緋色小袖の娘が三人連続で斬られて死んでいる……。

「はい。そうします」

「ひとり暮らしなんて危険だよ。だからね、早く好《い》い人をみつけて……」

おかみの話は、結局そこへ戻っていく。

今日もまた、話が長くなりそうだ。

どうしようかと迷っていたとき、背中の子供がぐずり出した。

「おお、よしよし。お腹が減ったのかい？　そろそろ昼餉《ひるげ》を用意する時間だねぇ。失礼するよ」

おかみは背中の子供を揺すりあげながら戻っていった。

綾は苦笑した。

頂き物の竹の子の煮付けをお菜にして昼餉を食べたあと、たとう紙に包まれた着物を二つ、風呂敷《ふろしき》に包む。

そして、風呂敷包みを抱いて家を出た。

五

綾は八丁堀《はっちょうぼり》を目指して歩いていた。深川から八丁堀までは、女の足でもそれほど時間はかからないのだが、雰囲気はがらっと変わる。

深川は庶民の町だが、八丁堀は与力と同心の町である。

与力・同心の組屋敷が建ち並び、町並みさえも、どことなく無骨でいかめしい空気が漂っている。

道を行く人たちも、十手持ちばかりだ。

ことさらに十手をひけらかすのは岡っ引きで、与力・同心は懐に隠し持つことが多いが、与力・同心は気配でわかる。背筋がスッと伸びて、目つきが厳しいからである。

綾は、八丁堀の地蔵《じぞう》通りを入り、一軒の屋敷の前で足を止めた。

「おそれいります」

「何用か?」

応対に出てきた年配の中間《ちゅうげん》に、名前と用件を述べて、主人への目通りを頼む。

「お針子の綾と申します。中村数馬様からご依頼頂きました着物を持って参りました。

お目通りを賜りたくお願い申しあげます」

「殿に聞いてくるゆえ、しばし待て」

中間は踵《きびす》を返した。

与力は御家人だ。組屋敷は三百坪にもなる。禄高《ろくだか》は二百石、貧しい旗本よりも豊かなほどだが、犯罪者の取り調べにあたるため不浄役人とされていて、お目見え以下であり、登城はできない。

敬称は殿が正しいのだが、供も連れずに吉原大通りをそぞろ歩き、男衆《おとこし》に軽んじられている数馬を知っているので、噴きだしそうになってしまう。

中間はすぐに戻ってきた。

そして、水を入れた盥《たらい》と手ぬぐいを用意して、綾に勧める。

「お使いなされい」

目通りが許可されたようだ。

「ありがとうございます」

綾は足を洗い、手ぬぐいで拭《ぬぐ》った。

江戸はほこりっぽい町である。

屋敷にあがるときには、足を洗うのが習いだった。

中間の案内で磨き抜かれた廊下を進む。長い廊下を先導して歩いていた中間は、奥の部屋で足を止めた。

膝《ひざ》を折って手をつき、ふすま越しに声を掛ける。

「殿、縫い子を連れて参りました」

「お針子の綾でございます。ご依頼頂いた着物を持ってまいりました。丈を合わさせて頂きたいのですが……」

「入れ」

「はい。失礼します」

綾は胸に抱えていた風呂敷包みを横に置き、両手でふすまを開け、丁寧なお辞儀をしてから室内に入り、ふすまを閉める。

「じいはもう下がっていいぞ」

「はっ」

数馬は書見台に広げた書物を読んでいる最中だった。草紙を閉じ、綾に向き直る。

「文がついたのか？」

「はい」

「なんと早い。吉原の文使いは優れているな」

『綾音太夫様江　お慕い申し候　逢《あ》いたく　数馬』

　堅物の与力が無理して書きましたとばかりの、そっけない恋文を諳《そら》んじて見せると、数馬が頬を赤くし、むっとした口調で言った。

「そなたが吉原の花魁《おいらん》である以上、そなたに命をするときは恋文がよろしかろうと御奉行がおっしゃったのだ！　それがしの本意ではない!!」

　両親に死に別れ、お針の腕を生計《たつき》の道にして、深川の朝顔長屋に住む小町娘・綾の正体は、吉原いちの花魁、綾音太夫である。

　そして綾音太夫には、もうひとつの顔があった。

「遠山《とおやま》奉行からの正式な命令なのですね？」

「さよう。ここからは、御奉行の言葉である。北町奉行遠山左衛門尉景元《さえもんのじょうかげもと》殿より、公儀隠密《おんみつ》、花魁同心綾に命ずる。緋色小袖娘三人殺しの下手人を捜し出し、お縄にせよ」

「お役目、しかと承ってございます」

　綾は平服した。数馬にではない。北町奉行にお辞儀をしているのである。

　綾のもうひとつの顔。

　それは隠密同心。

五歳で吉原に売られ、遊女として暮らしている綾が、隠密同心になったのは、二年前のある事件がきっかけだった。

天保《てんぽう》十一（一八四〇）年。北町奉行に就任したばかりの遠山左衛門尉景元が、捕り物のときに遊び人の金《きん》さんに変装して逗留《とうりゅう》したとき、正体がばれて殺されそうになった。

当時、突き出し前の振袖新造《ふりそで》だった綾は、とっさの機転で金さんを助けた。だが、そのさい、綾は下手人に切られて顔と胸に大怪我をしてしまい、意識を失った。

遊女の顔と身体を傷つけてしまったため、北町奉行は綾を便宜的に隠密同心に取り立てて俸禄を支払って綾の前借金を帳消しにし、蘭学医を雇って公金で怪我を治した。

命を拾うことはできたものの、怪我のあとはまだ鮮明に残っている。頬のえくぼがそれだ。胸から腹に掛けても、怪我のあとが残っている。

隠密同心は高給取りではなく、三十俵二人扶持《ぶち》で、遊女の前借金を帳消しにできるほどの額ではないが、楼主の大坂屋清兵衛《せいべえ》がこの遊女はもう死ぬと見て取って、御奉行様に恩を売るほうが利益になると判断し、証文を破ったのである。

綾は当時、まだ振袖新造で商品価値がなく、文字通りの傷物になってしまったことも理由だろう。

遠山奉行は今まで、綾に直接連絡していたのだが、奉行のお役目が多忙を極めるようになった。

中村数馬は、もともとは町方与力であり、江戸の安全を守るお役目を担っていたのだが、綾の花魁同心の仕事を補助し、北町奉行との連絡役をするために、諸色掛に任命された。

「緋色小袖を着た大店《おおだな》の娘が辻斬りにあうことが続いているようですが、そのことでしょうか」

「もう知っているのか？　さすがだな」

「長屋のおかみから聞きました。瓦版に書いてあったそうで、江戸っ子たちのあいだで噂になっているようでございます。大店の娘ばかりが辻斬りに遭っていると」

「大店とは限らぬが、商家の娘ばかりだな」

一つ目の事件は二月二六日。

隅田川縁で、花見に来たお結《ゆい》という十八歳の娘が、喉《のど》を突いて死んだ。結納を目前に控えたときのことだった。

油問屋の娘だが、なにぶんこのご時世のこと。株仲間の解散で流通が混乱している時世では、油問屋も左前になっていて、家業の援助を目的とした素封家との縁談だった。

娘は結婚を嫌がっていたから、あてつけ自殺したのだろうというのが自身番の見立てだった。

二人目の事件は、その二日後、二月二八日。

綾が花魁道中のさい、男衆ともみ合う男と出会った日だ。

材木商の娘おかるが、袈裟《けさ》懸けに切られていた。すぐ近くの香道の師匠の家まで、手習いに行った帰りのことだった。ごく近所なのと行き慣れている道だからと、供をつけなかったことが災いしたらしい。

三人目の事件は昨日。三月一日のこと。小間物屋の娘おみつが、逆袈裟に切られて死んでいた。家業の手伝いで簪《かんざし》職人の家に行き、客から注文されていたつまみ細工のびらびら簪を受け取って店に帰る途中だった。

「三つの事件に共通しているのは、緋色《ひいろ》の小袖ですか？」

「ああ、そうだ。ほとけを改めた同心によると、同じ刀によるものだそうだ」

「同じ侍が辻《つじ》斬りを？」

「ああ、あまり手入れのよくない刀で切られているのだが、腕はいい」

「お峰ちゃんが亡くなったことも、関係があるのでしょうか？」

「気の毒だが、あれはお峰の不注意でござろう。お峰は商家の娘ではないし、お峰の纏《まと》っていた小袖は縹色《はなだいろ》（薄い藍色《あいいろ》）で、緋色ではない。また、お峰の身体には、刀傷はなかったそうだ」

お峰は、家に帰る途中で海に落ち、土左衛門になっていたという。

年季が明け、ようやく苦界を出て自由に生きることができた矢先のことで、妹の帰りを待ち望んでいた兄は、水死の報を聞いて落胆したそうだ。

綾の妹遊女である振袖新造の藤も、友人の死を知って嘆き悲しんだ。

——お藤ちゃん。おかしなことを言っていたねぇ……。

峰の兄が、吉原に迎えに来た日のことだった。

引手茶屋で宴席を開いた商家の旦那《だんな》、菱沼 某《なにがし》は、お峰のひいき客だったと言うのである。

藤が言うには、お座敷の最中、どこかで見た顔だと思ったが、お座敷がはねて大坂屋に帰ってから、ふっと思い出したそうだ。

峰は散茶だ。局《つぼね》遊女とも言って、三畳ほどの狭い部屋を与えられ、そこで起居し、客を取る下級遊女である。

花魁を呼び宴席を開いて散財する客が、散茶を買うなんてありえない。遊女の格は、客の格にも通じ、歴然とした区別がある。

綾は、藤の勘違いではないかと思っているが、妙に気になる話だった。

——中村様に報告したほうがいいのかねぇ？

綾は逡巡《しゅんじゅん》し、数馬の顔を見た。

「中村様、見世まで、わざわざ報告に来てくださって、ありがとうございます」

雑談で探りを入れる。

数馬は、大坂屋まで来て藤を呼び出し、峰の死を報告してくれたのだ。花魁道中のさなか、藤が動揺していたことを、しっかり聞いていたらしい。

「大事ない。それがしは諸色掛ゆえ、暇なのでな」

自虐と皮肉が混ざり合った言い方にげっそりして、綾は気付かれないようにため息をついた。

数馬がこんな調子では、報告したところで無駄だろう。

「これがそのほうから頼まれていた、峰の兄の住まいだ」

数馬から書きつけを受け取る。

「これでよいか」

「よいも悪いもありません。私は隠密同心です。下手人を突き止めて、江戸町民の暮らしを守ります」

「それはわかったゆえ、早くしてくれ」

数馬が催促した。

「はい？」

「私は御奉行から賜ったお役目は果たしたぞ。縫い子の役目を果たしてくれ」

数馬の言動のはしばしに、綾をうとんじているところが見てとれる。

その気持ちはわからなくもない。

数馬は、綾の補助と連絡係をするために、諸色掛に任命された。

諸色掛は閑職である。怪我や病気でお役目を果たすことが難しくなった年配の与力がつく仕事だ。

女の隠密同心、まして表の稼業は吉原の花魁である綾の連絡係をするなど、侍である数馬には、耐えきれないことだろう。

同心は、本来与力の下につき、与力の采配《さいはい》のもとに動くのだが、隠密同心は単独で調査し下手人の捜査に当たる。

数馬は綾の補佐役なのだから、実質的には綾の下についているも同様だった。

だが、それでも、内心の不愉快を押し殺し、連絡掛としてのお役目を果たしてくれているのは、生来のきまじめさによるものだろう。

綾としては、数馬に感謝こそすれ、不満を覚えてはいけないのだ。

綾は、菱沼某と峰の客が同一人物かもしれない件を、数馬に報告することをやめた。

――金さんと直接やりとりができたら、ずっとお役目がやりやすかったのに。

報告するほどでもないあいまいな疑惑でも、金さんに相談することによって、適切な忠告を貰《もら》って、捕り物に役立てることができた。

金さんは、綾が禿《かむろ》をしていたときから、吉原に出入りして遊蕩《ゆうとう》していた。からかったりからかわれたりして、長いつきあいだったからお役目がやりやすかった。

それだけに、綾に協力的ではない数馬が連絡係になったことは残念だ。

だが、考えてもせんないことだ。北町奉行になって二年経過し、遠山の金さんは、幕府の重鎮として多忙を極めている。今までのように遊び人のふりをして気軽に出歩けるわけがない。

綾のすることは、与えられた条件の中で、あらん限りの努力を払うこと。今までがそうだったように、これからもそうやっていく。

綾は、隠密《おんみつ》同心としてのきりりとした表情から、縫い子の綾へと一瞬で表情を改めた。

如才なく笑みを浮かべながら言う。

「お殿様、紬《つむぎ》の長着でございます。丈を合わせさせて頂きます」

女物の着物はおはしょりをするか、あるいは裾《すそ》を引きずって歩くため、丈はそれほど気にしなくてもいいのだが、男物は対丈《ついたけ》で着るため、身丈の確認は納品の前の最終確認事項だ。

立ちあがった数馬に着物を羽織らせ、丈を見る。

「ぴったりですね」

「うむ。そなたのお針の腕はいいな。なんというか、すっきりして着心地がいいのだ。一度そなたに頼んだら、他の縫い子には頼めなくなってしまうな。しかも届けが早いしな」

「ありがとうございます。私としても、古着の縫い直しではない反物からのお仕立ては、ありがたい仕事でございます」

報酬として二朱金を受け取る。

「躾糸《しつけ》は外しておいてくれ。さっそく明日から着るゆえ」

「かしこまりました。衣紋《えもん》掛け、お借りします」

躾糸を引き抜いていると、数馬が話しかけてきた。

「隠密同心なら、吉原の大門にある面番所に、隠密同心と岡っ引きが詰めているであろう？　御奉行様は、どうしてそなたをわざわざ隠密同心に取り立てたのであろう？」

「面番所は、吉原に出入りする人間を調べるために存在してありんす。一大事のお調べは面番所の役割ではありんせん」

吉原のことを聞かれた瞬間、口調がありんす言葉になった。

「ふむ。そなたがこうしているあいだ、綾音太夫は留守なのか？」

「それは大丈夫でありいす。蛇の道は蛇と申しんす」

「そなたは蛇か？」

「あちきは花魁《おいらん》、花に魁《さきが》ける蝶《ちょう》にございます。あちきが蛇なら、中村様は大蛇《うわばみ》でありいすな」

「あいにくだが、私は下戸だ」

「まぁ、主さま、しょにんなことを言いしんす」

しょにんとは、意地が悪いとか薄情である、という意味の廓《くるわ》言葉である。

「たしかに諸色掛としては初任《しょにん》だが、与力としては八年になるのだぞ」

綾は当てこすりを言っているのに、数馬がまじめに返すので、皮肉がさっぱり通じない。見た目は涼やかな二枚目なのに、堅物で野暮、まじめで融通が利かない。融通のカタマリのような遠山奉行と一緒に捕り物をしていたから、よけいに数馬の不器用さが気になるのだろう。

綾は躾糸をブチッと切り、陰険な二人落語となりはてた会話を終わらせた。

「中堅与力の中村様。これからも、連絡役と補佐役のお役目、よしなにお願いします」

衣紋掛けに着物を掛けて、鴨居に下げる。

「待て。忘れるところであった。これをお峰の友達に渡してやってくれ」

数馬が小さな巾着袋《きんちやく》を取り出した。

着物の端切れで作ったらしい袋だが、顔料でもこぼしたのか、まだらに赤い染みができている。中に入っているのは、貧相な木ぎれであった。大きさは二寸（六センチ）四方ほど。表面に塗った顔料が、はげてまだらになっている。

「なんですか？　これは？」

素人が仏像を彫りかけたが、飽きて放り出したような、あちこち削ったあとのある木のカタマリだ。

甘ったるい異臭がするのは、海に落ちたからだろうか。

「わからぬ。お峰の兄から預かってきた。お峰が持っていたそうだ。仏像のようにも見えるので、お峰に友達がいるなら渡してあげてくれ、とのことだ」

「だったらお藤ちゃんに渡しましょう」

「そうしてくれ」

綾は、巾着袋を帯の内側に入れた。

「それではお殿様、失礼します」

「む、まだ着物があるのか」

「もう一件、着物のお届けがあるのでございますよ。私はお針子ですから」

綾は、数馬の問いかけを軽くいなすと、屋敷を辞した。

六

綾は、亀戸《かめいど》の長屋を訪れた。

つまみ簪《かんざし》の模様を描いた木の札が軒先に下がり、簪職人が住んでいることを示している。

「こんにちは」

玄関の前から声を掛けるが、誰も出てくる気配がない。

「どうしたんだい？」

井戸端で洗いものをしていたおかみが問いかけた。

「お針子なんですが、着物のお届けにやってきました」

「着物のお届けって、太助《たすけ》さんにかい？」

「はい」

「せっかく届けに来たのに留守なんて気の毒だね。私が預かってあげようか」

「ありがとうございます。でも、出直します。いつだと太助さん、長屋にいますか？」

おかみの親切はありがたいが、預けて帰るわけにはいかない。

着物のお届けを理由に、峰の兄に接触して、探りを入れるために来たのだから。

隠密同心は表だって動けない。

一大事の検分は、こうしたやり方になってしまう。

数馬は峰の件は無関係だと言ったが、数馬が綾に協力的でない以上、全幅の信頼は置けない。数馬がなおざりに検分した可能性がある。自分の目で確かめたかった。

「お寺なんじゃないかねぇ。お峰ちゃんの墓参りをしているんだろう。お峰ちゃんが死んでから、毎日お寺に行ってるからね」

「墓参り？」

綾は、はじめて聞いた、というような顔をした。

「私、お峰さんから頼まれたんです。お兄さんに着物を届けてくれ、って。お峰さん、死んだんですか？」

「ああ、海に落ちて土左衛門になったんだよ」

綾の動揺の表情を見てとって、おかみが気の毒そうに聞いた。

「あんた、賃金貰ってないのかい？」

「いいえ、お峰さんからは前金で受け取っています。お兄さんへの贈り物なんだそうです。だから、お兄さんに直接手渡したいのです」

「お峰ちゃん。吉原で、お兄さんの心配していたんだね。かわいそうにねぇ」

おかみは袖《そで》でそっと涙を拭《ふ》いた。

「はい。私は、吉原に出入りする縫い子です。吉原のことは黙っていたほうがいいかと思っていたんです」

「内緒にしなくてもいいよ。お峰ちゃんは孝行娘だよ。かわいそうな子でねぇ。おとっつぁんは腕のいい簪職人だったんだけど、おふくろさんが流行病《はやり》になって、薬代がかさんでねぇ。お峰ちゃんが泣く泣く吉原の遊女になったのに、おふくろさんは病気が治らずぽっくりいっちまって、おとっつぁんも大八車に轢《ひ》かれて死んでしまったんだよ」

「そうですか……」

よくある話だった。

江戸町民は、ごく普通の生活を送っていても、ふとしたきっかけで零落してしまう。病気だの事故だの商いの失敗だので、金子に窮した家は娘を苦界に沈める。

吉原の遊女は九分九厘が、親に売られた娘たちだ。

「お峰ちゃん。売られた吉原で、おつとめにはげんだんだろうね。はじめに決められた年季より早く借金を返せたんだよ。なのに、さあ、これからというときに死んでしまうなんて神様はいじわるだねぇ」

──散茶が年季より早く証文を巻くなんて、よっぽどいい客がついたのか。だとすると、菱沼がお峰さんに入れあげたのか。

綾は首をひねった。

江戸幕府は表向き、人身売買を禁止している。遊女は、年季奉公の奉公人というたてまえで、見世と証文を取り交わす。

吉原では、衣食住は保証されているが、簪や化粧品、紅や半襟、湯たんぽに入れるお湯にまでも金子がかかり、借金が上乗せされていく。あげく、お礼奉公という形で、年季が実質的に伸びるか、宿替えしてさらに安い見世に買われていく。

前借金の額が少なかったのかもしれないが、こんなに早く借金を返せるなんて珍しい。

お藤が、菱沼はお峰の客だったと言っていたが、菱沼がお峰に入れあげたのだろう。商家の主人が散茶に入れあげるなんて珍しいが、ありえないことではない。男女の仲に、何が起こっても不思議ではないからだ。

吉原では、ある遊女のなじみになった客が、他の遊女を揚げることはありえない。男衆《おとこし》も止めるし、野暮の極みとされている。

だが、菱沼は、花魁をあげて茶屋遊びをしただけだ。ましてなじみの遊女は吉原を出ている。

不審なところはなさそうだ。

「ああ、そうだ。お寺に行ってみたらどうだい？　太助さんは今頃、お峰ちゃんの墓に手を合わせているよ」

「お寺ってどこですか？」

「あっちだよ。百歩も歩けば着くよ」

「ありがとうございます」

綾は風呂敷《ふろしき》包みを抱え、おかみの指差す方向に向かって歩いた。

おかみのいうとおり、すぐに墓地が見えてきた。

まだ早春だというのに、お天道様の光が降り注ぎ、ぽかぽかと暖かい。

春の長閑《のどか》な陽ざしの下で、墓石が整然と並んでいる。

男がいた。あの、花魁道中で出会った若い男。真新しい墓石の前にしゃがみこみ、手を合わせてじっと目を閉じている。

妹の死を悼み、涙をこらえている青年に、話しかける言葉などなかった。

ましで綾は、隠密同心のお役目で、検分のために来たのだから。

数馬の言うとおり、峰の死は事故かもしれない。

峰に入れあげていたらしい菱沼について検分する必要はないだろう。

まずは、緋色《ひいろ》小袖娘三人殺しの下手人を見つけること。次の被害者が出る前にお縄にしなくてはならない。

綾は青年に対してふかぶかと頭を下げると、そっと踵《きびす》を返した。

――この着物、どうしようか。

もう一度着物を届けにきてもいいのだが、事件性がないとわかった以上、これ以上時間を取るわけにはいかない。

今、急いでするべきは、緋色小袖娘三人殺しの下手人を見つけることだ。

考えながら歩いていると、おかみが洗いものを終えて、井戸端から部屋に入ろうとしているところだった。

「お針子さん。太助さんとは逢《あ》えたのかい？」

「いえ。手を合わせてらっしゃったので、話しかけることができなくて……。すみません。おかみさん。この着物、太助さんに渡してもらえませんか」

「ああ、いいよ」

「お願いします」

綾は、おかみに着物を預け、朝顔長屋に戻った。

第二章　花簪《かんざし》

一

吉原《よしわら》において、ひな祭りの三月三日は紋日《もんび》である。

紋日とは、吉原をあげておこなう祭日のこと。

遊女は特別にあつらえた着物を纏《まと》い、引手茶屋や見世には雛《ひな》人形を飾り、いつにも増して華やぐ。

だが、紋日は、揚代（遊女の値段）から、引手茶屋での酒食、幇間《ほうかん》（太鼓持ち）や芸者への心付け、吉原みやげの巻煎餅《まきせんべい》まですべてのものが倍になる。

客がつかなかったときは身揚りとなり、遊女自らの借金になるため、客を取りたい遊女と、なるべくなら紋日には登楼したくない男の間で、丁々発止のやりとりが繰り広げられる。

「ええ、主《ぬし》さま、いい男だねぇ。揚がっておくれな」

「くわばらくわばら。今日は揚代倍なんだろ」

「つれないことをお言いでないよ」

「紋日じゃない日に登楼させてもらうよ」

「あちきの観音様は倍のねうちがあるんだよ。粗魔羅のあんたにはわからないだろうが」

「何をっ。女っ！　愚弄《ぐろう》するのかっ⁉」

「まぁまぁお客さん、女子《おなご》の言うことでございまさぁ」

遊女と男が張見世の格子越しにいさかいを起こすのを、若い衆がなだめて回る。

そんな喧噪《けんそう》を横目に、素見《すけん》ぞめき（ひやかし）の素人娘は、供をつれて仲《なか》の町《まち》の大通りへと急ぐ。

見世から引手茶屋へと赴く花魁《おいらん》の、道中を見物するためだ。

雛祭りは、女のためのお祭りだ。

花見と紋日が重なって、いつにも増して素人女の見物客が多い。

「道中でござりまするーっ」

「花魁道中、はじまりでございますー」

男衆の声が渡り、あでやかな花魁道中が繰り広げられる。

桜の花は七分咲きになっていて、気の早い桜の花びらが、はらはらと花魁に落ちかかる。

満開に近い桜の花と、天女もかくやと思うほどの美貌《びぼう》を誇る遊女たち。

打ち掛けも、雛祭りのためにあつらえた豪勢なもので、市松人形のような禿《かむろ》たちと、可憐《かれん》な振袖《ふりそで》新造が花を添える。

新造は新艘のこと。新しい船の意味である。武家の若妻がご新造さんと呼ばれるように、船は女の意味もある。すなわち、水揚げ前の遊女見習いを新造という。

花魁が満開の花なら、振袖新造は開きかけのつぼみだ。吉原の水で洗われた新造は、生娘であるにもかかわらず、目がさめるほどにあでやかだ。

「美しいこと」

「ほんとうに綺麗《きれい》ですね」

花魁道中にため息をついていた素見の娘たちが、顔を見合わせた。

「今日は綾音《あやね》太夫はいないのでしょうか」

「ほんとね。美しい花魁が次々に道中するのに、綾音太夫はいませんね」

「残念ね。綾音太夫を観たかったのに」

「『あやねこのみ』の簪《かんざし》、買って帰りましょうか」

「いいですね」

二

そのころ綾音太夫は、お猪口《ちょこ》を手に夜桜を見上げていた。隅田《すみだ》川縁《がわべり》の、木から木へ天幕を張り巡らせた内側の花筵《はなむしろ》の上に、しどけなく横座りになっている。背中を木の幹にもたせかけ、前結びにした帯の上でお猪口を傾ける。花魁は足袋《たび》を履かない。濃色《こきいろ》の着物の裾《すそ》から緋色の中襦袢《じゅばん》と真っ白な素足がのぞく。花魁は、宴席で酒食はしない。客に酌をすることもない。会話らしい会話もせず、つんとすまして座っているだけ。目線が合うとほほえんで見せるのがせいぜいだ。その美しさで宴席に花を添え、存在感を見せつけるのが花魁の役割だ。だが、大門《おおもん》の外での花見は別だ。客はご飯食べに綾音太夫を連れ出したのだから、注がれた酒を飲むことも、花魁のお役目のひとつだった。

——綺麗だねぇ……。

綾はほれぼれと桜を見上げた。

吉原も、隅田川縁も、桜の花は同じなのに、大門の外の夜桜見物は格別だ。ましていまは、大坂屋《おおさかや》お職、綾音太夫としてのお役目で、廓《くるわ》の外にいるのである。いま、こうしてくつろいでいる時間さえも揚代が出ているのだ。

花篝《はなかがり》が桜を照らし、雲を連ねたような桜の花を薄紅色に染めていてあでやかだ。桜はまさにたけなわで、騒ぐ声と笑い声、話し声で賑《にぎ》やかだ。お酒と料理の匂いが漂う。江戸《えど》っ子たちは花見に浮かれて、酒と肴《さかな》を楽しんでいる。

「花魁、もういっぱいいかがですか？」

銚子《ちょうし》を持って酌をするのは、羽織を品良く着た大店《おおだな》の旦那《だんな》だ。着物の趣味が良く、着こなしも堂に入っている。

綾の周りにいる旦那衆は、命令しなれた者が持つ尊大さと、客商売につきものの腰の低さの両方を持ち合わせていた。

店主が数人集まって、自分の娘ほども年若い花魁を、下にもおかぬもてなしをしている。

「白木屋《しらきや》さん。あちきはもうじゅうぶんでありんす」

綾は、廓言葉で鷹揚《おうよう》に断り、にっこり笑った。頬のえくぼがくぼみを増して、日本人形のような容色に愛らしさを添え、おきゃんな素顔が垣間《かいま》見える。

「まぁまぁ、花魁。そうおっしゃらずに。こんなご時世なのに、私どもの商いが順調なのは、花魁のおかげです。ささっ、これもどうぞ。おいしいですよ」

白木屋の横にいた、大和屋《やまとや》の主人が若竹和《あ》えの小鉢を勧める。

『あやねこのみ』の反物を扱う呉服問屋の白木屋、同じく『あやねこのみ』の小間物を扱う大和屋、布団問屋の花田屋《はなだや》が、慰労の目的で席を設けてくれたのである。

末席に座っているのは職人たち。彼らは酒食はせず、どこか緊張した様子で、綾を見つめている。

吉原の遊女は籠《かご》の鳥ではあるものの、客が引手茶屋に金子を積めば、客と一緒に大門の外に出ることは不可能ではない。引手茶屋が、切手（通行手形）を四郎兵衛会所《しろべえかいしょ》に願い出て、万事執り行ってくれる。

だがそれは、恐ろしく高くつく遊蕩《ゆうとう》だ。まして今日は紋日である。

紋日に大門の外で席を設けてもらうのは、遊女にとって最高の娯楽だった。

ご飯食べであるので、重くて動きにくい打ち掛けは纏わず、黒に近い濃色《こきいろ》に流水の模様の銀の刺繍《ししゅう》が入った小袖を着て、萌葱《もえぎ》地に金襴《きんらん》の帯を前結びに締めている。

絢爛《けんらん》さを競う吉原の遊女が、黒い着物を纏うことは珍しい。一見すると地味なのに、婀娜《あだ》っぽく着こなしている。黒は女をもっとも美しく見せる色であることを、綾は知っていたのである。

「花魁のおかげで、この白木屋、順調に商いさせて頂いております。なぁ、大和屋どの？」

「へえ。『あやねこのみ』が人気で、大和屋は有卦《うけ》に入《い》っております。とくに、花魁が意匠を考えてくださった筥迫《はこせこ》がよう売れて、職人が悲鳴をあげるほどでございます。このご時世にめでたいことだと、私ども一同、喜んでおります」

「やはりどこも苦しいのでありいすか？　贅沢《ぜいたく》はいけないと、お上がお命じになったとか、米の値段がどんどん高くなって閉口していると聞きしんす」

天保《てんぽう》十三（一八四二）年という年は、老中水野忠邦《みずのただくに》がのちに天保の改革と呼ばれる政策を実行した、まさにその渦中にあった。

長く続いた天保の飢饉《ききん》が三年前にようやく収束したものの、ずっと続いていた物価の高騰は収まる気配を見せなかった。

江戸幕府は、物価の高騰に苦慮していた。

中村数馬《なかむらかずま》が連絡係をするにあたって就任した諸色掛《しょしきがかり》も、本来は物価の高騰を調べる目的で作られた役職だ。

物価があがる理由は至って単純で、江戸経済の根幹をなす米の流通量が不足していたからである。

それなのに、老中水野忠邦は、物価を安定させるには、贅沢をいましめるのがいちばんと考えて、奢侈《しゃし》禁止令を打ち出して、着物の柄や色の規定や初物の禁止など、庶民の生活に細かい規制を掛けた。

だが、お上がどれほど規制しようが、江戸っ子は、二本差しが怖くて田楽が食えるかと、べらんめぇ口調で言い返す気性の持ち主である。

「奢侈禁止令など、形だけでございますれば。なぁ。花田屋？　布団屋も同じだろう？」

着物の生地や柄に規制がかかったら、着物の裏地に凝って粋《いき》に装う。

江戸っ子の好きな初物の商いが禁止されたら、物々交換で手に入れる。

なにより吉原では、奢侈禁止令などどこ吹く風の、絢爛豪華な夢の世界が夜ごと日ごと繰り広げられているのだから、なるほど形だけである。

「ああ。そうせえ様は、芽生姜《めしょうが》の初物まで禁止するとはあんまりだとおっしゃったそうだが、私どもは普通に初物を食べておりますよ」

そうせえ様とは、十二代将軍徳川家慶《とくがわいえよし》のことである。

一年ほどまえ、大御所様こと、十一代将軍家斉《いえなり》が死んだ。家慶の父である。

実権を握っていた家斉が亡くなっても、実権は大御所様から老中水野忠邦に移っただけで、家慶はお飾りの将軍でしかなかった。

水野忠邦の進言にそうせえと言うだけだったから、そうせえ様と揶揄《やゆ》されていた。

「さよう。形だけ守っておけばいいのです」

「大和屋どの。声が大きい。ここは花見の席でござる。どこに隠密《おんみつ》同心がいるのかわからぬのですぞ」

綾は苦笑した。まさに綾が隠密同心だからだ。

隠密同心は、奢侈を摘発するために動いている、ということになっている。

だが、遠山《とおやま》の金《きん》さんこと北町奉行は、市井の人々に我慢を強いる奢侈禁止令には批判的だ。

北町奉行配下の隠密同心は、奢侈の摘発ではなく、一大事の解決や下手人の御用に当たっている。

「奢侈禁止令よりも大変だったのが、株仲間の解散でございます」

株仲間とは同業者組合であり協定でもある。

幕府に冥加金《みょうがきん》を納めるかわり、統一価格を決めて技術協力をし、仲間たちが仕事をしやすいように持って行く。現代の商工会議所や農業組合のようなものだ。

老中水野忠邦は、株仲間が物価高騰の原因であるとして、株仲間の解散を命じた。だが、それは失策であった。株仲間を解散しても、経済が混乱し、物価が乱高下しただけであった。

株仲間が解散し、統一価格がなくなると、商人の誰もが高い額で売りたくなる。だが、それでは売れないので、値を下げる。儲《もう》からなくて苦しいので値を上げる。猫の目のように値付けが変わり、売る方も買う方も翻弄《ほんろう》される。

「ああ、あれには困らされたな。銀目手形が使いにくくなって、下《くだ》り物を買いつけるのが難しくなったではないか。下り物が買えなくなった小さい問屋はのきなみやられた」

「私どもも、綿の注文を、畿内《きない》から三河《みかわ》の綿問屋に替えました」

布団を商う花田屋が言った。

下り物とは、上方から江戸に下ってくる品のことである。

とくに、はんなりとして品の良い京の反物や小間物は、古着であっても下り物として江戸の娘たちに珍重されている。

上方の品を江戸で買いつける場合、金子を直接やりとりするのではなく、書状を送って注文し、両替商を通じて手形決済をしていた。これを銀目手形という。

株仲間という身分保障がなくなったせいで、手形決済という信用をもとにした取引が、きわめて難しくなったのである。

流通の滞りはさらなる品不足をうみだし、物価はさらに高騰し、商人たちは買いつけに腐心しているありさまだ。

「いまは、『あやねこのみ』と緋色《ひいろ》以外の小袖《こそで》の商いが活発なので、持ち直していますが、下り物の着物が手に入りにくくなって困っております」

「緋色以外の小袖の商いが活発なのでありいすか？」

「はい。花魁《おいらん》。緋色小袖を着た娘が辻《つじ》斬りに遭うことが三回続き、緋色は不吉だ、血の色だと言って、緋色以外の小袖を求めるお客様が多いのです。風が吹いたら桶屋《おけや》が儲かるのたとえの通りです。奢侈禁止令が出て、渋い色目の反物を仕入れたのはいいものの、なかなか動かず困り果てていたのですが、幸いにして売れております」

「お上はいったい何を考えていなさるのか。株仲間の解散にしろ、奢侈禁止令にしろ、迷惑なだけではないか。私ら庶民を振り回して、いったい何が楽しいのか」

「しいっ、妖怪《ようかい》に聞かれたら、大変なことになりますぞ」

「くわばらくわばら」

妖怪とは、老中水野忠邦の腹心、南町奉行鳥居《とりい》耀蔵《ようぞう》のことである。

妖怪という二つ名のわけは、耀蔵が甲斐守《かいのかみ》だからと、奢侈禁止令という庶民にとって迷惑な政策を冷徹に遂行したことに由来する。

「ですが、私どもは、『あやねこのみ』が順調で、ほんとうに助かっているのです。若い娘さんは、嫁入り道具に『あやねこのみ』をお選びになります。私ども布団屋では、新品の布団が動くのは嫁入り道具としてですから」

花田屋が言った。

布団は高価で、おいそれと買えるものではなかった。嫁入りに布団を持って行けるのは裕福な町民で、布団は一生物であった。

「うれしんす」

そのとき、噂する声が聞こえてきた。

「おお、花魁がこんなところに」

天幕で囲ってはいるのだが、天幕の隙間からちらりと見た花見客たちが、感嘆の声をあげる。

「なんとあでやかではないか」

「あれは吉原の綾音太夫だね」

「吉原の遊女を大門の外に連れ出して、接待させるなんて、いったいどんなお大尽なんだい？　揚代がすごくかかるんじゃないのかね？」

綾《あや》は苦笑した。

旦那《だんな》衆も笑っている。

綾が接待しているのではなく、旦那衆が綾を接待しているのだが、はためには逆に見えてしまう。

「あい。そろそろ『あやねこのみ』のお役目を……」

綾はにっこり笑って水を向けた。

白木屋と大和屋、それに花田屋が職人を伴って接待の席を設けたほんとうの目的は、反物や小間物に、綾の好みを反映させることであった。

「職人が新しく作った簪《かんざし》ですが、花魁はどう思われます？」

「あちきの好みでありいす」

「よかった。『あやねこのみ』で売り出せる」

「もうし、つまみ細工の花のところを思い切って小さくして、びらびらは三寸ばかり長くしたほうが乙粋《おつりき》でありいす」

「なるほど花を小さくびらびらを長くか……。太助《たすけ》、近《ちこ》う寄れ。花魁と話してみろ」

大和屋が職人に聞いた。

職人は綾の前に座ると、まっすぐな瞳《ひとみ》でじっと見つめてきた。

「はい。ですが……」

木訥《ぼくとつ》そうな、いかにも職人らしい男だった。

既視感を覚えた。この男には前に逢《あ》ったことがある。そんなはずはないのに、どうしてだろう。

この職人の着ている縦縞《たてじま》の着物に、覚えがあった。

――あっ！

峰の兄だ。着物に見覚えがあるのも道理。綾が古着を縫い直した着物だ。自分が縫った着物はわかる。

峰の兄に、吉原にいる妹から注文を受けたという言い訳で、隠密同心のお役目に役立てようとして持って行った。

――偶然だねぇ。

太助の真剣なまなざしにほっとする。太助は、妹が不慮の死を遂げた衝撃から立ち直っている。

「申し遅れました。この者は太助といって、簪職人です。つまみ細工の簪では、太助の右に出るものはおりません。花魁にお納めしている簪も、太助が作ったものがほとんどです。……太助、花魁に職人としての意見を申してみろ」

「花を小さく、びらびらを長くすることは技術的には可能です。ですが、びらびらが首のところまで垂れ下がり、顔の前で揺れて、邪魔になるのではありませんか」

「貸しなんし」

綾は簪を髷《まげ》に挿した。

「普通はこんな風に挿ししんすが、思い切って横に挿して」

綾は簪を挿し直した。

伏せた睫《まつげ》が整った顔に影を落とし、情感を添える。

「横にびらびらが来るようにしんす」

「ふむ」

大和屋が感心の声をあげた。

「このびらびらは、今、ここで止まっておりんすが、顎《あご》の下までおちかかると、顔が小さく、肌が明るく見えしんす。常に使うには不便でありいすが、晴れの日につける簪としては豪勢でありいす」

「それは思いつきもしませんでした。花を大きくすることばかり考えていました。びらびらはおまけだとばかり」

職人が言った。

「奢侈《しやし》禁止令で、華美な花の簪は控えおろうと言われているから、それはいいね。太助。ためしに、花魁の言うとおりにやってもらえないか」

「はい。やってみます。いいものができると思います」

太助は声を弾ませた。

「楽しみでありいす」

綾は簪を抜き、太助に渡した。

そのとき、指先が触れあい、太助の爪が綾の指に当たった。

「あっ」

「失礼しました！　花魁、大丈夫でしたかっ⁉」

太助は、右手の人差し指と親指だけ爪を長く伸ばしている。

「大丈夫でありいすよ」

「花魁。このものの爪は、無精で伸ばしているわけではありません。つまみ簪をつくる職人は、細工がしやすいように爪を伸ばすのです」

「はい。その通りです。汚いものをお見せしてすみません」

「働く手でありいすね。汚くなどありんせん」

綾は職人に、にっこりと笑いかける。職人は顔を赤くさせ、おどおどと目を伏せた。

そしておずおずと言う。

「花魁、その簪、珍しいですね。見せてもらえませんか?」

太助が自分の側頭部を指差しながら言った。綾のつけている吉丁簪を見とがめたらしい。

吉丁簪というのは、先端に耳かきのような飾りがついた棒状の簪だ。黒に金の花模様を象眼《ぞうがん》で浮かびあがらせてある。

綾がわざわざ注文して作ってもらった特別製の簪で、大事なものだ。ましてや太助は簪職人。吉丁簪を見せてはいけない相手だった。

綾は首を振って断った。

「許しんす」

「そこを何とか。金属に象眼で、二重になって立体感を作り出している吉丁簪なんて初めて見ました」

綾は、袂《たもと》を内側から親指で押さえ、顔を隠してイヤイヤをした。

そして恥ずかしそうに答えた。

「好《い》い男《ひと》から貰《もら》った簪でありいす」

綾には恋人なんていないのだが、花魁《おいらん》がそう言うと説得力がある。後援者の前で『あやねこのみ』ではない簪をつけるには、恋人からの贈り物だと言うのがいちばんだ。

「そ、それは失礼しました。いい簪だったので、つい」

「いい着物でありいすね」

綾は、太助に聞いた。今は綾音太夫の仮面を被《かぶ》っているにもかかわらず、縫い子の綾がふいと出た。自分の縫った着物の感想を聞きたいという思いに駆られてしまったのだ。

簪を褒められたお礼に着物を褒める。これなら不自然ではないはずだ。

「はい。いい着物です。妹からの贈り物なんです。花魁はご存じないと思いますが、妹は、吉原の遊女でした。兄の自分から見ても、おかめだと思うぐらいだから、売れっ妓《こ》ではなかったと思います。ですが妹は、まじめにつとめに励んだんでしょう。約束よりも早く年季明けを迎えることができました」

「うらやましゅうおす」

「ところが、吉原を出て、家に戻る途中に、海に落ちて死んでしまって……。さあこれからってときに死んじまうなんて、あまりに妹が哀れで、俺もがっくり来てたんですが、初七日の少し前に、妹が生前に頼んでいた着物が届いたんです。それがこの着物なんです」

「あい」

綾は相づちを打つことしかできない。その縫い子は綾なのだから。

「この着物を着て帯を締めたら、身体がしゃきっとして、いつまでも腑《ふ》抜けていてはいけないと思いました。俺は簪職人だから、いい簪を作ることが妹の供養になる、そう思っています」

綾の縫った着物を纏《まと》ったら元気が出たなんて、お針子冥利《みようり》につきる。

「あい。いい簪でありんす」

太助は照れたように頭を掻《か》いた。

豆だらけの指と、長く伸ばした爪に、職人の矜持《きようじ》が滲《にじ》んでいた。

綾は花がこぼれるように笑った。

湿っぽくなった場の空気を取り繕うように、大和屋が聞いた。

「ときに花魁。びらびらの長い新製品の花簪は使ってもらえますかね？」

「あい。大坂屋の妓夫《ぎゆう》（男衆《おとこし》）に預けて頂けましたら、その日から挿しんす」

大和屋が喜色を浮かべた。

江戸の町娘、しかも裕福な商家の箱入り娘に絶大な人気を誇る綾音太夫が、大和屋の小間物を身につけて花魁道中をする。

娘たちは、こぞって簪を買うだろう。

『あやねこのみ』の着物を綾音太夫本人が纏い、髪に簪を挿し、布団を使う。

旦那衆《だんな》が、綾を接待する理由はここにあった。

「この簪、あちきは気にいってありいす。妹たちにも与えたくござりいす。妹たちにも、同じ簪を頂きたくありいす」

「なんとっ、新造と禿《かむろ》も、『あやねこのみ』の簪を挿してくださるのかっ⁉」

大和屋が身体を乗り出してきた。

「あい。花が小さく、ことさらに愛らしさを強調したものではないゆえ、歳若くても、娘盛りでも似合いんす」

「それはすばらしい。では、できあがりしだい、大坂屋に届けます」

「紅を新しく、『あやねこのみ』で出したいのですが……」

「あちきは伊勢半《いせはん》さんの小町紅を、白木屋さんを通してわけてもらっておりんす。『あやねこのみ』は小町紅になりんすが、それでは白木屋さんの利益にはなりんせん。紅板（携帯口紅）を『あやねこのみ』で出すのはありんしょう」

「なるほど。どのような紅板を？」

「七宝焼で、花の意匠の入ったものがこのみでありいす」

「花魁、筆を」

旦那衆が矢立と紙を取り出した。

綾は、地面に紙を置き、すらすらと筆を走らせた。

「すばらしい。花魁は絵心があるのですね。華やかだな。いいものができると思います」

職人が、綾の玄人はだしの画力におどろきの声をあげる。

「花魁、反物の柄ですが……」

「筥迫《はこせこ》ですが、どうでしょうか？　前に花魁に頂いた意見をもとに、薄めにつくってみました」

「掻い巻き（着物の形をした掛け布団）の柄についての花魁のご意見を……」

『あやねこのみ』の品についてやりとりを繰り広げ、全ての用件が終わったころには、一刻《いっとき》半（三時間）ほども過ぎていた。

話し続けて渇いた喉《のど》を、注がれた酒で潤す。

「花魁。ほんとうに礼金はよろしいのですか？　大坂屋お職・綾音太夫の名前をお借りしているのですから、本来なら、売りあげの何分かを花魁に渡すべきなのです」

「あい。一銭もいりんせん。その代わり、あちきと妹たちの身の回りのものは、大和屋さん、白木屋さん、花田屋さんに頼みんす」

「もちろん、この白木屋。最高の品を調達させて頂きますとも！」

「私どもも、最高の布団を納品させて頂きます」

「まこと花魁は、菩薩《ぼさつ》のようなお人だ」

綾は笑った。

吉原では、衣食住は見世持ちだが、簪《かんざし》や打ち掛け、帯や布団、煙管《キセル》や筥迫、半襟などは遊女の負担だ。畳を新しくするときも、花魁が費用を持つ。花魁はその地位にふさわしいものを身につける必要があるため、簪や打ち掛けだけで、気の遠くなるほどの額になる。さらに妹遊女の諸費用や、頼み事をしたときの男衆への心付けも、姐《あね》遊女が負担する。

衣装についで金子がかかるのが布団だった。

布団を新しくしたときは、見世先に積んでお披露目をするほどで、翡翠《ひすい》の簪よりも高くつく。

吉原の遊女が前借金をなかなか返せず、自由になることができないのは、こうしたからくりによるものだ。

綾には前借金はなく、見世の束縛は受けないが、吉原はいるだけで金子がかかるところだ。

着物に小物、布団の一切を用立ててくれる後援者は、綾にとってもありがたい存在で、奉仕や博愛の精神で『あやねこのみ』を考えているわけではない。

この花見にかかる揚代も、引手茶屋と見世と綾とで三等分した額が、見世から綾に支払われる。

「いいえ。あちきも、花田屋さん、大和屋さん、白木屋さんがお味方をしてくださるおかげで、助かっておりんす。ほんにありがとうございます」

お礼を言うと、旦那衆が恐縮した。

やがて、夜桜見物という名目の、新商品相談会が散会した。

「花魁。駕籠《かご》はこちらに用意しております。どうぞ」

天幕を出て、旦那衆と一緒に小路《こみち》を歩くと、夜桜見物の喧噪《けんそう》が静まり返った。

豪華な打ち掛けも着ず、高下駄《げた》も履かず、鼈甲《べっこう》の簪もつけていないのに、綾は、視線を集めずにはおかない魅力があった。

「吉原の花魁だよ」

「なんと綺麗《きれい》じゃないかね」

「黒に流水の着物なんて、なんとまぁ粋《いき》だねぇ」

ため息が渡っていく。

賞賛の声を聞きながら、綾は小路を歩いて行く。

「あれは……？」

茣蓙《ござ》をぎゅうぎゅうに敷き詰めて、花見に浮かれる人たちの中で、だれもいない一角があった。

ひときわ見事な桜の大木のすぐ下だ。そこだけぽっかりと暗く、闇に沈んでいる。

まるで弔いのように、菊の花が一輪置かれ、水の入った湯飲みが供えられていた。

湯飲みの中に、桜の花びらがひとひら、ふたひら、落ちかかっている。

「ここで、緋色《ひいろ》小袖《こそで》の娘が死んでおりましたのさ」

布団問屋の花田屋が言った。

「ああ、連続辻《つじ》斬りだろ？　瓦版《かわらばん》で読んだ」

「油問屋の娘だったんだよな？　はじめは、縁談をいやがったあげくの自害と聞いたが、あとで辻斬りだと判明したって書いてあった」

「いやがるような縁談だったのかね？」

「このご時世ですからね。油問屋も厳しい商いを強いられていたのでございましょう。娘さんも、吉原に売られるよりはましと、縁談を承伏したのではないでしょうか」

――吉原に売られるよりはまし。

胸の奥で泡立つものがあった。

吉原は、女の苦界。

豪奢《ごうしゃ》な打ち掛けを纏い、鼈甲の簪を挿して、お姫様のように振る舞っていても、売り買いされるモノであることには違いない。それは綾だってわかっている。

だが、顔に出してはいけない。今は綾音太夫としてのお役目の最中だ。あでやかな微笑みを浮かべて、内心の思いを覆い隠す。

「よく知っているな。花田屋」

「私ども布団問屋は綿を扱います。綿の実からは綿実油を搾れますから、綿問屋を通じて油問屋のことは聞き及ぶのでございます」

綾は桜の木の下を見た。

この一角だけ、ことのほか闇が深い。

ここで、何の罪もない娘が死んだ。

十八歳。綾と同い年だ。縁談をいやがっていたとはいえ、生きてこそ浮かぶ瀬もあれというのに。吉原という苦界に沈められた綾が、こうして元気でいるように。

綾の胸の奥に、理不尽に命を奪った下手人に対する怒りが渦巻いた。

綾は桜の木に向かってそっと手を合わせ、頭《こうべ》を垂れた。

――あなたの無念、私が晴らしてしんぜましょう。

旦那衆も職人たちも、綾に倣って手を合わせている。

三

綾は夢を見ていた。

目の前で、父と母が揺れていい、いる。

綾は五歳になったばかり。

今日も明日《あした》も明後日《あさって》も、同じ毎日が続いていくのだと思っていた。

幼いなりに、何か困ったことが起こっているらしい、というのは気付いていた。

呉服問屋の旦那とおかみである両親が、怖い顔をして話し合っていたり、大福帳をめくり、そろばんをはじいて頭を抱えていたり、蔵の中の反物が大八車に載せられて運ばれていったりしたからだ。

いかめしい顔つきのお役人が、父を問い詰めていたりした。

だが、綾は、人形遊びやお手玉に忙しく、さして気にも留めなかった。

いや、気に留めないようにがんばっていた、というべきだろう。五歳の少女には、何ができるわけもないからだ。ただ、いい子にして両親に迷惑を掛けないこと。そればかりを考えていた。

「父さん……母さん……」

両親は、首を吊《つ》っていた。

ギシギシと鴨居が鳴り、白く濁った父の目が、綾をぼうっと見つめている。

異臭がするのは、鴨居から吊られている両親の足下に、汚物が溜《た》まっているせいだ。

あの美しかった母親が、くびられた首の上で、顔を紫にして舌を突きだして死んでいる。

「ひでぇ匂いですねぇ」

「ほとけになると、尻《しり》の穴がゆるんでしまって、尿だの糞《くそ》だの垂れ流すんだ。首を吊るとどうしてもこうなる。首を吊る前には厠《かわや》に行っておくべきだな」

「親分、どうなさいます？」

「下ろしてやれ」

朱房のついた十手を手にした岡っ引きが話している。

「哀れだなぁ。これだけの大店《おおだな》が」

「手形詐欺に遭って、一気に資金繰りが悪化したそうだよ」

「違う。逆だよ。しかけられたんじゃなくて、手形詐欺をしかけて、お裁きを受けたんだよ。銀目手形は、大枚の金子を動かすからね」

「それにしてもひどい話だねぇ。蔵なんてからっぽじゃないか。残されたのはこの子だけか？」

「ああ、店と蔵は買う人がいるんで、この子は女衒《ぜげん》の兄さんが、吉原に連れて行くって。この子を売って、残りの借金に充てるそうだよ」

「大店のお嬢様が、たったの一日で吉原の禿《かむろ》か。哀れな話だ。まぁ、この子なら、綺麗な遊女になるだろうよ。別嬪《べっぴん》だからねぇ」

話している声は聞こえるのに、人の顔は思い出せない。まるで影絵遊びのように、黒々とした不気味な輪郭が揺らめいているだけだ。

その輪郭がぶわっとふくらみ、かたまりとなってうごめいた。

綾は夢の中で悲鳴をあげた。

黒いかたまりが、綾に向かって押し寄せてきた。

綾は逃げた。だが、かたまりは、綾を追う。逃げなくては、このかたまりに追いつかれると食べられてしまう。

綾に向かって、黒いかたまりが押し寄せてきた。綾は息苦しさに悲鳴をあげ、両手を振り回して暴れた。

転んだ。

綾は、はっとして顔をあげた。

お針を持ったままで居眠りをしていた。

深川《ふかがわ》の朝顔長屋の、綾の部屋であった。

この部屋は、裏長屋にしては珍しく、陽あたりがよくて暖かいため、つい船をこいでしまう。

――もう、私ったら。針を持ったままで居眠りなんて！

昨晩の夜桜見物があとを引いているのだろう。

油問屋の娘が殺されたあの一角は、ねっとりと濃い闇が立ちこめていた。

莫蓙がびっしり敷き詰められた隅田川縁《べり》。あの桜の木の下だけ、黒い地面が見えていた。桜はまだ七分咲きで、花びらがちらちらと散っていた。白い菊が一輪供えてあった。

辻斬りは十日も前のことなのに、擬似的な血の臭いが漂っていた。

昨日の夜桜見物で、銀目手形のことが話題にあがったこともあり、昔の夢を見てしまったらしい。

零落した呉服問屋の娘が、吉原の遊女になり着物や筥迫《はこせこ》の意匠を手がけ、お針で生計《たつき》を立てるなんて、運命的なものを感じてしまう。

両親のくれた綾という名は、金襴綾錦《きんらんあやにしき》の綾だ。

綾は、うんと伸びをすると、躾糸《しつけ》の運針を続けた。もう小袖は縫いあがっていて、躾糸をつけたら完成だ。

糸を切り、糸くずを払う。

丁寧に畳んでたとう紙に入れ、風呂敷《ふろしき》に包む。

納品予定日には早いが、陽が暮れる前に持って行こう。緋色小袖娘三人殺し事件のお調べで忙しくなるだろうから。

家を出ようとしたとき、隣家のおかみが言ったことが耳の中に蘇《よみがえ》った。

——お綾ちゃんも、緋色小袖はやめておくんだね。

綾が緋色小袖を着て歩くことで、辻斬りがやってくるなら願ったりかなったりなのだが、縫いあがったりばかりの着物が、血で汚れるのは困る。

それに岡っ引きや同心に、見とがめられても面倒だ。隠密《おんみつ》同心という仕事柄、目立たないほうがいい。

鶸萌葱《ひわもえぎ》色《いろ》（緑色）の小袖を取り出し、今着ている桧皮色《ひわだいろ》（赤みのある茶色）の着物を脱いだ。

長襦袢《ながじゆばん》の前を開いて衿《えり》をつくろい、もう一度伊達《だて》帯を結び直す。

綾の身体には、胸から腹に掛けて斜めの線がうっすらと走っている。

遠山の金さんを助けようとして、下手人に切られたあとだ。蘭学医がうまく隠してくれたのだが、傷跡がわずかに残ってしまった。

綾は着替えてから家を出た。

四

「見事だねぇ……」

縫いあがった着物を検品していた古着屋のおかみが、感心した声をあげた。

「こんなに早いのに、丁寧な仕事ぶりだ。お綾ちゃんはいいお針子だね」

古着の縫い直しは、お針子の技量がはっきり出る。

反物を切って新品を縫うときは、手本通りにすればいいだけだが、古着の場合は布が弱っている部分を補強したり、おはしょりで隠れるところに弱ってる部分を持ってきたり、模様を合わせたりする手間がかかる。

「縫い直しは、下手なお針子が縫うと、いかにも古着って感じのくたびれたものになるけど、お綾ちゃんのはしゃきっとしていいね」

「ありがとうございます」

「早いのは助かるよ。今は注文がいっぱいあるんだ。三着お願いしてもいいかい？」

「一着にしてもらえませんか。今ちょっと忙しいので」

「そうか。残念だね。だったらこれを若い娘用に縫い直しておくれな」

おかみの出してきた着物は、どう見ても年配の女性のものだった。

「渋い色ですね。若い娘には地味でしょう」

「今は緋色小袖《ひいろこそで》は売れないからね」

「大店の娘の連続辻斬り《つじぎ》りですか？」

「ああ、そうだよ。今は辻斬りは治まっているけど、ほとぼりが醒《さ》めるまで、緋色小袖は売れないだろうね。うちとしちゃ、注文いっぱいでありがたいけどね」

「風が吹いたら桶屋《おけや》が儲《もう》かる、ですね」

「私がやったんじゃないよっ！　隠密同心には言わないでおくれな」

綾は笑った。

隠密同心である綾の前で、血も涙もない悪党みたいな言い方をされたのがおかしかったからだ。

「ふふっ、もちろん言いません。隠密同心なんて知り合いにいませんし」

──私本人が隠密同心ですけどね。

なんてことはもちろん言わない。

風呂敷包みを受け取ると、ふんわりと甘い香りが鼻孔をくすぐった。

着物に焚《た》きしめられている香の匂いだ。

「いい匂いですね」

「ふふ。香を焚いたんだよ。古着の匂いを消すには、これがいちばんいいからね」

「豪勢ですね。高くつくんじゃないですか」

「いや、白檀《びゃくだん》は、そんなにはしないよ。安物の線香にも練りこまれているぐらいだからね。高いのは伽羅《きゃら》だね。伽羅を使えるのは、大奥のお部屋様ぐらいじゃないのかね」

「へえ。そんなに高いんですか」

「ああ。私の実家は仏具屋でね。念珠や線香に使うから、香木を扱うんだ。白檀、沈《じん》香《こう》、伽羅の順に高価になるね。伽羅の最高級品は蘭奢待《らんじゃたい》というんだが、そりゃあもう豪勢なもんだよ。指先ほどの小さなカケラで家が一軒建つからね」

「まあ、おかみさんったら冗談ばっかり」

綾はころころと笑った。

綾は香の知識がある。吉原いちの花魁《おいらん》、綾音太夫は、諸芸百般を修めている。香道は十二年修業して、免許皆伝の腕前だ。

だが、今は、お針子の綾だ。町娘は知らないことなので、笑い飛ばして見せたのだ。

「本当なんだよ。今じゃ沈香に色を塗って、伽羅に見せかけて高く売る諸国買物問屋もあるっていうよ」

「諸国買物問屋？　何を売る問屋ですか？」

「阿蘭陀《オランダ》渡りの高級品を扱うところさね。念珠や線香の香木は、阿蘭陀渡りなんだよ。私の実家は、廻船《かいせん》問屋から買いつけていたけどね」

「廻船問屋って塩船とかの周旋をする問屋だと思っていました」

「ああ、それが江戸っ子の常識かもしれないね。諸国買物問屋は長崎に集中しているから、廻船問屋から買うほうが安くつくんだよ」

問屋は異業種が密接に結びついている。

布団屋が呉服屋から反物を買って布団表を作り、布団屋は綿問屋と取引があり、綿問屋は綿の実を油問屋に売るため、油屋と懇意にしている。

廻船問屋は、本来は、船の廻《まわ》し、すなわち船の斡旋《あっせん》や人足の手配をする海運流通業者だが、物資の売買を兼ねる場合が多い。

「そうなんですか」

綾は感心して聞いているフリをした。

「この着物、納品日はいつですか？」

「早ければ早いほどいいんだよ」

「十日ほど頂けませんか」

「三日でどうだい？　お綾ちゃんは針が早いからできるだろう？　礼金をはずむよ」

「うーん。三日じゃ難しいですねぇ」

「じゃあ五日」

「十日頂きたいです」

きっぱりいうと女将《おかみ》が折れた。

「仕方ないね。納品日は十日後までだ。ただし、礼金はいつも通りだよ」

「ありがとうございます」

「お綾ちゃんは欲がないね。お綾ちゃん以外のお針子は、礼金を弾むというと、喜んで引き受けるのに」

綾は吉原の花魁と隠密同心、それにお針子の三つの顔を持っている。まして、今は、緋色小袖娘三人殺しのお調べの最中だ。

「ふふ。では、この着物お預かりします」

綾は風呂敷包みを胸に抱いて退散した。

――お綾ちゃんは欲がないねぇ。

違う。綾にだって欲がある。

江戸町民の、普通の暮らしを守りたい。

もっとお針が上手になり、着物の知識をつけたい。

呉服に関連する仕事をしていきたい。

古着の縫い直しをしているのは、腕を磨くには最高の手段だったからだ。はんなりした下り物から絣《かすり》まで扱えるのも魅力だ。

綾の中で、いちばん重要度が低いのは、吉原の遊女かもしれない。

そんなことを考えながら、風呂敷包みを胸に抱いて歩いていたときのことだった。

強烈な剣の気配を覚え、首の後ろがチリッとした。

綾ははっと身体を緊張させる。

「娘」

懐手の浪人が、綾の行く手を遮る。目つきのおかしい、痩《や》せた浪人だった。月代《さかやき》が伸びて、うす汚れた着流しをだらしなく纏《まと》っている。

だが、ゆらっと立っている姿には隙がなく、かなりの使い手であることがわかる。

零落したなりをしているのに、研ぎ澄まされた迫力を感じさせる。

緋色小袖娘三人殺しの下手人なのか。

いや、そうとも限らない。人通りは少ないとはいえ、誰に見られるかもしれない昼間。綾の着物は、鶸萌葱色の鮫《さめ》小紋。

男は剣気を漂わせているが、抜刀しているわけでもなく、柄《つか》に手を掛けてもいない。

問答無用で斬り捨てるわけでもないらしい。

なにより綾を戸惑わせたのは、これほどまでに剣気を漂わせているにもかかわらず、殺気が感じられないことだった。

「な、何か、御用でしょうか？」

綾は怯《おび》える町娘の演技を続けながら聞いた。

「……を知らないか？」

「何でしょう？」

男が瞳《ひとみ》をぎらっと光らせた。

聞き取れなかったのだが、浪人はとぼけていると思ったようだ。

「……を知ってるはずだ」

聞き取れない。

男は綾に向かって手を伸ばした。

風呂敷《ふろしき》包みを渡せと言っているのだろうか。金目のものに見えたのだろうか。

それとも、金を渡せと言っているのだろうか。

「渡すなら、悪いようにはせぬ」

綾は首を振りながら後ずさった。

怖がって後ずさっているように見せながら、間合いをとっているのである。

「渡せません。私はお針子です。これは縫い直しをする着物です」

浪人は柄に手を当てると、いきなり横様に薙《な》いだ。

ギチギチッという鞘《さや》鳴り音を合図に、柄のあたりで火花が散ったと思うと、ひゅっと空気が鳴った。剣先が銀の軌跡を引きながら綾の目の前で一閃《いっせん》する。

綾は背後へと飛び退《すさ》り、右手を地面についてトンボを切った。左手で風呂敷包みを胸に抱いたままだ。

——なんて速さなの！

これでわかった。この男は、緋色小袖娘三人殺しの下手人だ。

居合い抜き。抜刀術ともいう。

数馬は言っていた。下手人は、あまり手入れされていない剣を使っていると。居合いは、鞘走るさい、摩擦熱で剣がいたんでなまくらになる。鞘鳴りのギチギチ音は、抜刀術につきものだ。

居合い抜きの場合、怖いのは二打目の留《と》めの太刀だ。

逆に言うと、一撃目、二撃目をやりすごしさえすればなんとかなる。

綾は、足音も立てずに地面に右手をついて降り立つなり、石を土ごとつかみ、男に向かって投げつけた。そして横に転がってから立ちあがった。

綾が投げつけた石が当たって剣先が逸《そ》れ、袈裟《けさ》懸けに振り下ろされた二打目が空を切る。

男は、ほう、と感心の声をあげて刮目《かつもく》した。

「そのほう、くノ一か？　面白い。参るっ！」

浪人は、逆手に握っていた剣をジャキッと音を立てて持ち直すと、青眼に構え、スッと距離をつめてきた。

抜刀術だけではなく、ちゃんとした剣道も修めているようだ。

殺気がビリビリと伝わって、身体がぶるっと震えた。

綾は、後ろ手で、髷《まげ》に挿していた吉丁簪《かんざし》を抜きながら、上半身を低くして、男に向かって突進しようとした。

まさにそのとき、悲鳴があがった。

「きゃあっ」

夫婦ものらしい二人連れだ。

「辻《つじ》斬りですっ！」

新造が悲鳴をあげている。

「誰かっ、娘さんが襲われています！」

浪人は、チッと舌打ちをすると、剣を鞘に納め、走り去っていった。

綾は、唇を噛《か》んだ。下手人をお縄にする好機だったのに、みすみす見逃してしまう結果になってしまった。

だが、勇気をふるって声をあげてくれた人たちに、感謝こそすれ、不満を抱くわけにはいかない。

簪を抜かずにすんでよかったと思うべきだ。

「大丈夫？　怖かったでしょう？」

甲高い口笛の音がして、尻《しり》はしょりをした町方が走り寄ってきた。

「娘っ、大丈夫かっ」

これみよがしに十手を持っているが、同心や与力ではなく、岡っ引きの兄さんだろう。

綾のことは知らないようだ。

綾は、風呂敷包みを胸に抱き、へたへたと膝《ひざ》をついた。そしてぶるぶると震えて、辻斬りに襲われて怯えている町娘を演じた。意思の力ではらはらと涙を流す。興奮に上気した顔を、呼吸術で元に戻す。緊張に青ざめているように見えるはずだ。

「かわいそうに。怖い思いをしたのだろう。話を聞いて書きつけを残すゆえ、すまぬが番所に来てくれ」

そのとき、気付いた。

風呂敷に真横の裂け目ができていた。古着も二寸ほど切れているが、これは縫い方を工夫すればごまかせる。

ぞっとした。

居合い抜きは、鉄の棒を振り回すのに等しい。剣の切れ味を犠牲にして、鞘走る速さを追求するのが抜刀術だからだ。

鞘鳴りの音と鍔《つば》で光る火花は、抜刀術につきものだ。

それなのに、そのなまくらなはずの剣が、布をすぱっと切った。

鞘走るところは速すぎて見えなかった。柄のあたりで火花が散ったと思ったら、もう剣先が伸びていた。

すぐには踏みこめないよう、充分な間合いを取ったつもりだった。

居合い抜きとは、これほどまでに速いのか。

緋色《ひいろ》小袖《こそで》娘三人殺しの下手人は何かを探している。

せっかく下手人とぶつかったにもかかわらず、お縄にすることができなかったのは残念だが、一歩前進だ。

しかも、あの浪人は、綾をくノ一と誤解している。

——中村様にお知らせしないと……。

まずは番所で、辻斬りに襲われて茫然《ぼうぜん》自失になった、かわいそうな町娘を演じることだ。

「さ、娘。立てるか」

「はい。立てます……」

綾は膝小僧に手を当てて、よろよろと立ちあがった。そして、だめ押しとばかりに手で口を押さえて顔を伏せると、はらはらと涙をこぼした。

第三章　都春此香《みやこのはるここにかおる》

一

綾《あや》は困り果てていた。

「お綾ちゃん。大丈夫かいっ？　辻斬りに遭ったんだって⁉」

「綾ちゃんっ！　早く好《い》い人を見つけて身を固めるんだね。若い娘がひとり暮らしなんて危ないよ。なんなら私が嫁入り先を探してやるよ」

「かわいそうに、怖い思いをしたんだろ？　これ食べな。おいしいものを食べてゆっくり寝たら元気が出るよ」

「お綾ちゃん。風呂敷をやるよ。切られたのが風呂敷だけでよかったよ」

綾が辻斬りに遭ったことは長屋中に知れ渡っていて、朝顔長屋のおかみさん連中がひっきりなしにやってくる。

目明かしに送られて朝顔長屋に帰ってきたところを、井戸端でおしゃべりに夢中のおかみさんたちに見とがめられてしまったのがまずかった。

おかみさんに聞かれた岡っ引きの兄さんは、辻斬りのことを話して、気をつけてあげておくれな、と口を添えてくれた。

たちまち大騒ぎになった。

親切はありがたいのだが、数馬《かずま》に報告できなくてじりじりする。

番所で『辻斬りに遭って震えが止まらない哀れな町娘のふり』をしたことで、岡っ引きの兄さんの同情を引くことには成功したものの、綾は、熱演をしすぎたようだ。

長屋の住民全てが綾に注目している現在、家から出ることさえ難しい。

そっと外出しようものなら、おかみさん連中に止められてしまう。

「綾ちゃん。どこに行くんだい？」

「所用です」

「どんな用事があるのか知らないが、綾ちゃんは殺されかかったんだよ。私の目の黒いうちは、ひとりで外になんか行かせないからねっ」

こんな調子では、文《ふみ》を書くこともできない。

文を書いているところを見られようものなら、どうしてお綾ちゃんが文字が書けるんだい？　ということになる。

あげく、文字が書ける町娘がいると、隣近所に知れ渡ってしまう。

隠密《おんみつ》同心というお役目についている綾は、悪目立ちしたくなかった。

綾は文が書けないことにじりじりしながら、縫い直しに没頭した。できあがった着物を届けに行く、という名目で、長屋の外に出るしかないと考えたのだ。

古着の縫い直しにかかる時間は、古着の傷み具合に左右される。今回預かってきた着物は状態が悪く、時間がかかりそうだった。

どうしようかと迷っていたとき、戸の外から訪《おとな》う声がした。

「綾はいるかい？　用事を頼みたいんだが」

聞き慣れた声が、天の助けのように響く。

綾は玉結びをして糸を止めると、歯に引っかけて糸を切り、縫いかけの着物を急いで畳んだ。

「いるけど、綾ちゃんに用事を頼むのはよしておくれな。綾ちゃんは辻斬りに遭って、怖い思いをさせられたんだよ」

「へえ、辻斬りに？」

「あんた誰だよ」

「呉服屋の大坂屋《おおさかや》清兵衛《せいべえ》です」

「大坂屋？　聞かない名前だねぇ」

「お侍さんの婚礼衣装を主に扱っています。どうぞよしなに」

「おとうさんっ」

綾が戸をあけて弾んだ声をあげるのと、楼主がおかみさん連中に軽く頭を下げるのは、まったく同じだった。

「綾ちゃんって、両親に死に別れて天涯孤独なんじゃなかったのかい？」

「綾ちゃんのおとっつぁんにしては、歳がいってる」

おかみさんたちが、不思議そうに首をひねっている。

安堵《あんど》のあまり、つい吉原《よしわら》での呼び名が出てしまった。

遊女は、見世の楼主をおとうさん、楼主の妻をおかあさんと呼ぶ。

綾は気をとりなおすと、まじめな顔つきで言った。

「はい。私がお世話になってる呉服屋の主人で、お針を仕込んでくれたのもおとうさんなんです。恩ある人で、私にとっては父のような人です」

嘘は言っていない。

五歳で吉原に売られた綾は、房中術や客あしらいといった遊女の基本技術のほかに、読み書きそろばん、立花に茶道、香道に裁縫、琴に三味線、小唄《こうた》に和歌、さらには囲碁や将棋まで、ひととおりの教養を仕込まれた。

禿《かむろ》の中でも、とくに見込みのあると思う禿には、引きこみ禿として教養を仕込み、付加価値をつけて高く売ろうとする。

綾がもしも普通の町娘として生まれてきたら、縫い物はまだしも、立花に茶道、香道や琴や和歌など、覚える機会もなかっただろう。

綾にお針を教えてくれたのは、吉原に出入りする縫い子だが、縫い子に謝礼を払ってくれたのは大坂屋だ。だから、お針を仕込んでくれたのは楼主、というのは、あながち間違いではないのである。

もっとも、見世が支払ったお稽古《けいこ》代は、全て遊女の借金となるのだが……。

「急ぎの依頼が来てね。お武家様の婚礼衣装なんだ。綾にしかできない刺繍《ししゅう》があるから、迎えに来たんだよ」

楼主は、おだやかな笑みを浮かべて言った。

このおっとりとして優しげな老人が生き馬の目を抜く吉原で、何十人もの遊女を抱える大籬《おおまがき》、大坂屋の楼主だなんて、いったい誰が信じるだろう。

楼主は、清兵衛という名前通りの、世俗を超えた雰囲気を漂わせている。脂粉《おしろい》にまみれた欲望の地で女を売り買いする商いについているくせに、ひょうひょうとしていた。

「ありがとうございます。すぐに支度します」

綾は縫いかけの仕事や裁縫道具、身の回りのものを風呂敷《ふろしき》包みの上に置いた。

鏡台の引き出しを開けたとき、小さな巾着袋《きんちゃくぶくろ》が目についた。

素人が仏像を彫ろうとして飽きて放り出したような、あちこち削り取ったあとのある木ぎれが入っている。

数馬から預かった、お峰《みね》の形見だ。引き出しに入れたままで忘れていた。妹遊女のお藤《ふじ》に渡さなくては。綾は巾着袋を風呂敷包みに入れた。

「ちょっと、綾ちゃんは殺されかけたんだよ。危険じゃないかっ」

「綾には、私が乗ってきた駕籠《かご》に乗って貰《もら》いますよ。私は歩いて行きますので」

「もう陽が暮れるよ。いまにもポックリいっちまいそうな旦那《だんな》ひとりで、綾ちゃんを守れるのかい？」

楼主は江戸《えど》下町のおかみさんの、遠慮のない言い方に苦笑している。

「あのう、おかみさん。お針は私の生計《たつき》の道です。婚礼衣装の刺繍は、私にしかできません。お役目が私を待ってるんです」

綾は、決然として顔をあげた。

「だから行きます！　こ、怖いけど……っ。だ、大丈夫ですよ。おとうさんも駕籠かきのお兄さんたちもいますから……」

綾は、あいまいな笑みを浮かべようとして失敗した、という表情を繕ったのだ。

怯《おび》えながらも笑みを浮かべた。

恐怖を責任感でねじ伏せるけなげな娘、というふうに見えたらいいのだが。

だめおしに涙をこぼしておこうかと思ったが、綾の芝居はやりすぎてしまうところがあるので泣くのはやめておく。

おかみさんたちが、顔を見合わせた。

「偉いねぇ。綾ちゃん。そうだよ。お役目は大事だよ。がんばりな」

肩をぽんぽん叩《たた》いて応援してくれる。

「はい。がんばります。ありがとうございます。……しばらく帰れないと思うので、これ食べてください」

綾は、おひつに入ったご飯と、お菜に食べるつもりだった豆腐、それに出入りの魚屋から買ったばかりの生魚と菜っ葉を差し出した。

吉原で育ち、料理を覚える機会がなかったため、綾は料理が苦手だが、それでも自分が食べるぶんぐらいの料理はする。

「ありがとう。頂くよ。おひつと器は洗って返すからね」

綾は、戸締まりをすると、おかみさんたちにおじぎをして長屋を出た。

木戸のあたりに駕籠が止まっている。

おかみさんたちがぞろぞろとついてくる。

「行ってきます。あとはよろしくお願いします」

駕籠の前で、おかみさん連中におじぎをする。

「気をつけるんだよー」

「浅草寺《せんそうじ》でしたね。お参りですか？」

「はい。お願いします」

駕籠かきにポチ袋を渡すと、人足が断った。

「お代はそちらの旦那から頂いておりまさあ」

「心付けです」

そういうと、彼らの顔がぱっと輝いた。

「心付けははじめに渡すのが綾のやり方だ。そのほうがきっぷがいい。満足したら、さらに心付けを渡すときもある。

「ありがとうございます」

「ゆっくり走ってください」

少額の金子で、駕籠かきの兄さんたちが機嫌よく走ってくれるなら安いものだ。ポチ袋の中身は、町娘としてはやや多い程度の額にしてある。

吉原の花魁《おいらん》をしていると、金子の使い方が上手になる。

金子は人を縛り、そしてまた自由にする。逆にいうと、金子をうまく使うことができなければ、吉原の花魁はつとまらない。

「行きますよ」

身体がふわっと浮く感じがあり、駕籠かきがかけ声を掛けながら歩き始めた。横を歩く清兵衛に合わせているのか、ゆっくりと進んでいく。

「辻《つじ》斬りにあったんだって？」

横を歩く清兵衛が駕籠越しに話しかけてきた。

「はい。おとうさん。月代《さかやき》を伸ばした、浪人風のお侍さんでした」

「それはお侍さんがかわいそうだね」

清兵衛は笑みを含んだ口調で言った。

あの浪人は、綾の体術をくノ一のものだと思ったようだが、あれは楼主から教えてもらった亡八術だ。

楼主をはじめ、男衆《おとこし》や遣《や》り手婆《てばば》など、妓楼《ぎろう》における管理業務につく人たちのことを、亡八衆と呼ぶ。

亡八というのは、仁・義・礼・智・忠・信・孝・悌《てい》の八つの徳のすべてを失った人でなしという意味である。

したがって、下男下女や遊女や芸者は亡八衆に含まれない。

吉原は、男と女の騙《だま》し合いの世界である。いさかいも多く発生する。刃傷沙汰《にんじょうざた》に発展することもある。そのさい仲裁に入るのは男衆だ。

吉原の大門《おおもん》の横にある番所には、与力と岡っ引きが常駐しているが、彼らの役割は大門の外に出ようとする遊女を止めることであり、廓《くるわ》内のいさかいには見て見ぬふりをする。

槍《やり》を持ったままで大門をくぐることはできないが、大小を帯びた武士もやってくる。

男衆は刃物を持たない。それは吉原の不文律だ。

そのため、男衆は、暴れて剣を振り回す客を、素手で制圧する術を身につける必要があった。

亡八術。

その存在さえ秘められた、門外不出の格闘術である。

遊女の折檻《せっかん》を行う遣り手婆が考案し、男衆が磨きあげた、吉原二百年の歴史が作りあげた柔術。

綾は、同心のお役目を賜るさい、楼主から手ほどきを受け、亡八術を伝授してもらった。

清兵衛は亡八術の熟練者だ。

朝顔長屋のおかみは、『いまにもポックリいっちまいそうな旦那』と楼主のことを称したが、素手の格闘で清兵衛にかなうものはいない。

巨漢の力士であろうと、清兵衛には手を触れることもできないだろう。そしてそれは、清兵衛から手ほどきを受けた綾も同様である。

「いやだわ。おとうさん、冗談を言わないでください」

綾はころころとかわいらしく笑った。

「そうだね」

清兵衛も笑った。

「駕籠の速度をあげてくれないか。こんなにゆっくりだと陽が暮れてしまう」

「だいじょうぶですかい？　旦那？　なんなら、ちょっくら駕籠寄場《よせば》に立ち寄って、駕籠をもうひとつ用意してきまさぁ」

「いいんだよ。ポックリ行ったりしないから安心しておくれ」

「あはは。速度をあげますよ」

駕籠かきがえっほえっほとかけ声を掛けながら、速度をあげた。かけ声は足並みを合わせるためのものだから、駕籠の揺れも激しくなる。かけ声が速くなると、速度があがる。駕籠の揺れが激しくなると、駕籠酔いを起こしやすい。

「気分が悪くなったら言ってくだせぇ。お客さん」

駕籠かきは、綾の体調を心配してくれているが、綾は平気だった。

あたりの景色がひゅんひゅんと飛んでいく様子は、爽快《そうかい》感がある。

清兵衛は、さして急いでいる風もないのに、駕籠かきに足並みを合わせてぴったりとついてくる。

人足は、老人である楼主の健脚ぶりに驚いている。

「旦那、御達者ですね」

「なぁに、まだまだ若い者には負けんよ」

やがて浅草寺につき、綾は人足に礼を言って駕籠から下りた。

そして、楼主と一緒に日本堤《にほんづつみ》をゆく。

夜見世がそろそろはじまる頃なので、吉原詣《もう》での男たちが多い。彼らはみな、期待に顔を輝かせている。

清兵衛と綾が並んで歩いて行くと、男たちが振り返っていく。老人と孫娘がどうして吉原に行くのだろう、と思うらしい。

綾の美貌《びぼう》に、目を奪われている男もいる。

「打つほうですか？　指すほうですか？　詠むほうですか？」

綾は、周囲を気にして、囲碁なのか将棋なのか和歌なのかと清兵衛に聞いた。

客の中には、花魁と囲碁を打ったり、将棋を指したり、連歌を作ったりして楽しむ風流人がいるのである。

「聞くほうだ」

聞く、すなわち香道だ。

香道では、香木をくゆらして匂いを嗅《か》ぐことを、聞くという。

「では、主《ぬし》さまは滝沢《たきざわ》様？」

「ああ」

吉原広しといえども、香元手前ができる花魁は綾だけだ。香道は奥が深く、皆伝に十数年、師範になるには三十年と言われる。

綾は香道をはじめてようやく十二年目にすぎない。免許皆伝は得ているものの、香元手前や組香が一通りこなせる程度で、香席の亭主をつとめるにはいささかこころもとない。

だが、客は本格的な香席を期待しているわけではなく、吉原で花魁と組香をする贅《ぜい》沢《たく》さを楽しみたいのだから、綾の手前で楽しんでもらえる。

「お咲《さき》ちゃんでは無理ですね」

綾が吉原を留守にしているとき、綾音《あやね》太夫をしているのは、番頭新造のお咲である。

番頭新造は、本来三十歳を超えて容色が衰え、客がつかなくなった遊女がなる地位で、花魁の付き人だ。

お咲はわずか十八歳で番頭新造の地位についている。

気働きができて頭の回転が速いからだが、もうひとつ大きな理由があった。お咲は綾に、年格好や声、顔の輪郭が似ているのだ。とくに声はそっくりだ。

平凡な顔だちに黒っぽい着物を纏《まと》うお咲は、いたって地味な存在で、茶屋遊びの席でも、さりげなく気働きをするものの、目立つ存在ではけっしてない。

綾が大輪の菊なら、お咲は暗がりでひっそりと咲く隠花植物だ。

だがお咲は、化粧をして頬にえくぼをつくり、打ち掛けを纏えば、後光のような美しさを放つ綾音太夫に変身する。

お咲は綾音太夫の影武者というよりは、綾と咲の二人で綾音太夫を作りあげている、というほうが正しいだろう。

見返り柳が見えてきた。

吉原はもうすぐだ。

見返り柳を目印に曲がり、衣紋坂《えもんざか》を下りて、曲がりくねった五十間道《ごじっけんみち》を歩いていく。五十間道とは、距離がほぼ五十間（九十メートル）だったことからそう呼ばれるようになったという。

吉原詣での男たちをあてこんだ茶屋や商家がびっしりと建ち並んでいる。

「京紅いかがですか？　お女郎さんへの贈り物にぴったりですよ」

「簪《かんざし》、半襟、伊達《だて》帯、いかがですか」

「四つ目屋の丸薬（精力剤）あります」

「甘酒、団子、お茶、生姜《しょうが》湯、篠田《しのだ》（稲荷《いなり》）寿司《ずし》」

「釣瓶《つるべ》蕎麦《そば》いかがですかー。吉原名物釣瓶蕎麦ーっ」

「吉原細見《さいけん》（案内書）ありますよ」

遊女への土産を売る商家に、精力剤の丸薬を売る薬屋、軽食を供する茶屋に、吉原の案内本を売る草紙屋が、呼びこみをしていて賑《にぎ》やかだ。

商家や茶屋を横目に見ながら歩いて行くと、吉原の大門が見えてくる。いかめしい大門が圧迫感を持って迫ってくる。

吉原詣での男たちや物見遊山の素人娘たちにはわくわくする威容なのだろうが、綾には心がふさがる光景だった。

この門を通るとき、黒いかたまりに呑《の》みこまれるような気分になる。

素見《すけん》の娘も、茶屋遊びの旦那《だんな》も、遊女とひとときの夢を見ようと思う男も、老いも若きも、男も女も、期待に顔をほころばせて大門をくぐっていく。暗い顔をしているのは綾だけだ。

綾は、切手（通行手形）を、面番所に詰めている岡っ引きに見えるように掲げ、目立たないように頭を下げて通り過ぎた。

切手には、綾の身分と年齢と名前が記され、『大門無相違可被通候事』の文字が入っている。楼主の清兵衛が四郎兵衛《しろべえ》会所《かいしよ》に願い出て発行してもらった正式なものだが、緊張する一瞬だ。

そろそろ陽が暮れようという時間である。

仲《なか》の町《まち》大通りは、満開の桜が散り急いでいる最中だった。

明日になれば、植木屋がやってきて、桜の木を引き抜いていくのだろう。昼見世までも賑わう花見の季節はもう終わりだ。

散り急ぐ花は、美しいにもかかわらず、どこかせつない光景で、寂寥《せきりよう》感を呼び覚ます。

京町《きようまち》一丁目は吉原のいちばん奥だ。綾と楼主は、大坂屋の勝手（裏口）から入る。

清兵衛はまっすぐ内証（事務室）に行き、帳台に座った。

「綾、髪結いさんを手配するよ」

「お願いします。おとうさん」

綾は内証の奥に用意されている綾のための私室に入り、風呂《ふろ》敷《しき》包みを置くと、帯をくるりと回し、前結びに改めてから階段をあがる。

「花魁《おいらん》、お帰りなさいませ」

忙しく立ち働く下男や下女、男衆に遊女たちがいっせいに挨拶《あいさつ》をしてくれる。

綾が大門を自由に出入りしていることを知っているのは、やり手婆と男衆、それに楼主と楼主の妻だけだ。

「姐《あね》さま、湯屋はいかがでしたか？」

「いや、今日は九郎助《くろすけ》稲荷に行ってきたんだよ」

「願掛けですか？」

「まぁ、そんなものさね」

遊女たちは、綾が町娘のような気楽な着物を着て出歩くときは、湯屋や九郎助稲荷など、吉原内の散策だと思っている。

胸から腹にかけて大きな傷がある綾は、見世の内風呂には入れない。廓《くるわ》内の湯屋に通っていることにしている。花魁ともなると、そういう贅沢もできるから、不自然なことではなかった。

綾は、挨拶してくる遊女たちに鷹揚《おうよう》に挨拶を返しながら、二階の自分の部屋へと入った。

見世の中で、自分の部屋を持てる遊女は多くない。

容色が優れ、客あしらいがよく、上客がつく、ごく一部の女だけだ。

それ以外の遊女は、大部屋での雑魚寝《ざこね》だ。客と枕を交わすときも、大部屋に屏風《びょうぶ》で仕切った布団で身体を重ねる。これを割床という。

「ただいま」

綾は、自分の部屋のふすまを開けた。

「姐さま。お帰りなさいませ」

番頭新造のお咲の口上で、振袖《ふりそで》新造のお藤、禿《かむろ》のとんぼとうさぎが一斉におじぎをする。

「お帰りなさいませ」

「かわりはなかったかい？」

「はい。姐さまがお留守のあいだの報告を……」

ありんす言葉は客の前でだけ使う気取った口調だ。遊女同士で話すときは、ごく普通の町娘の口調になる。

「悪いね。文を書くから、あとにしてくれないか」

「あーい」

ありんす言葉を訓練中の禿のうさぎととんぼが声を揃えて返事をし、すぐさま書の用意をはじめた。

お藤が着替えと化粧の用意をする。

「姐さま、香元手前の用意をしていいですか？」

お咲が聞いた。

香道具や香木はたいへんに高価なので、お咲は綾の許しを得てからでないと、香木に触らない。

「お願いするよ」

綾は文机《ふづくえ》に向かい、数馬への文をしたためた。

今までの出来事を簡潔に書いて文を折り、八丁堀《はっちょうぼり》組屋敷、中村《なかむら》数馬様江と表書きをする。

文を銭と一緒にとんぼに渡し、そっと駄賃を握らせる。とんぼは、ぱっと輝いた顔をした。

「便《たよ》り方《かた》どん（文使い）に預けておくれ」

「あーいっ」

とんぼは、手紙を胸に抱くと、階段を駆け下りていった。吉原の文使いは優秀だ。おそらく今日中に、数馬の手に渡ることだろう。

うさぎは、文机の上の書道の道具をてきぱきと片付けている。

「花魁、髪結いさんが来ました」

ふすまごしに、男衆《おとこし》が声を掛けた。

「入ってもらっておくれ」

なじみの女髪結いが髪結い道具を入れた木箱を抱えて、部屋に入ってきた。

「おはようございます。花魁。今日の髷《まげ》はどうしましょうか？」

今から夜見世がはじまる時間だが、こんばんはではなくおはようと言うのが、吉原のならわしだ。

「勝山で。匂いのしない油がよろしんす」

鬢《びん》付け油には、匂いの強いものがあるが、香席には不向きだ。香席は、香を聞くのが目的だから、香りはしないほうがいい。

綾は後ろ手に吉丁簪を抜き、髪結いに背中を向けた。

この吉丁簪は大事なもの。髪結いとはいえ、他人に触らせることはできない。

髪結いは、綾の肩に手ぬぐいを掛けると、櫛《くし》巻きに結った髪をほどき、髻《もとどり》をつくり、見事な手つきで結いあげていった。

髪結いが髷を作るあいだを利用して、化粧《けわい》をする。

藤が白粉《おしろい》を水で練り、刷毛《はけ》に取って綾に渡す。

顔を白く塗り、黛《まゆずみ》で眉《まゆ》をつくり、紅を差していくと、お針で生計《たつき》を立てている小町娘の綾が、吉原の花魁、綾音太夫に変貌《へんぼう》を遂げていく。

花魁の支度は、華やかな戦場《いくさば》だ。

「花魁、香のご準備ですか？　いい匂いですね」

髪結いが話しかけてきた。

お咲は、香炉に火を入れて、香元手前の準備をはじめていた。まだ香を焚《た》いてはいないのにもかかわらず、香炉にしみこんだ香の匂いが部屋に漂って、いい香りを立てている。

「主さまは香元手前をご所望でありんす」

「まぁ。いいご趣味ですねぇ。そういえば、西河岸でも、こんな匂いのする香炉をお持ちのお女郎さんがいらっしゃいました。珍しいので聞いたら、客にもらったとおっしゃっていました。そのお女郎さんは、若いのに証文を巻いて吉原を出ていきました。西河岸のお女郎さんでも、いいお客がついたら、出世するものですね」

髪結いは、如才なく話しかけてくる。

天気の話題、江戸の町で起こった事件、吉原のウワサ話。

隠密《おんみつ》同心である綾にとっては、床屋談義も大事な情報収集の場なのだが、綾は、髪結いの話をうわの空で聞いていた。香元手前の主題を決める必要があり、どの和歌を使うか、考えていたからだ。

――桜の散るころだから……。

「やどにある、桜の花は、今もかも、松風早《まつかぜはや》み、地《ち》に散るらむ」

綾は、万葉集の和歌を暗唱した。

厚見王《あつみのおおきみ》が恋人である久米女郎《くめのいらつめ》に贈った歌だ。

今頃は風がひどく吹くから、あなたの庭の桜の花は、もう地面に散っているのでしょうね、という意味だ。恋人に逢《あ》えぬ無聊《ぶりょう》を嘆いた句だが、いまの季節にぴったりだ。

「姐さま、では、組香の主題は春ですね」

「そうだね。組香名は都の春、ここに香る」

「姐さま、覚えますので、漢字おっしゃってください」

奉書係を務めるお藤が言った。奉書係とは、香席の記録係である。

「漢字で書くと都春此香だ。香木は……佐曽羅《さそら》と……ええと、そうだね」

綾は香木の銘を言い、お咲に三種類の香木を揃えさせた。組香は、香を聞いて、香の種類を当てる遊びだ。

やがて髷が結いあがり、女髪結いが手鏡を渡す。

「できましたよ」

「ありがとう」

髪結いに謝礼を払い、さらに心付けを渡す。

「姐さま、お使い、終わりました」

髪結いが出て行くのと同時に、禿のとんぼが戻ってきた。

「姐さま。どうぞ」

禿のうさぎとどんぼが交互に笄《こうがい》だの簪《かんざし》だのを差し出してくるのを、順繰りに髷に挿していく。

「んっ？　これは？」

玉簪ほどの小さな花の下から長いびらびらが伸びている、独特の意匠だ。峰の兄の太助《たすけ》が作った簪だ。

「『あやねこのみ』でございます。大和屋《やまとや》が持って参りました」

お藤が言った。

「そうか。いい出来だね」

丁寧な細工で色味も美しい。見たことのない形で、新奇だが洒落《しゃれ》ている。これなら若い娘たちも飛びつくに違いない。

「はい。普段使いには向きませんが、花魁装束にはよく映えます」

咲が言った。

太助の腕の良さが、はっきりと感じ取れ、綾は顔をほころばせた。

墓地で手を合わせていたときの、しおたれた様子が記憶に残っているので、彼が元気に仕事をしているということは、綾にとってうれしいことだった。

綾は、びらびら簪を横に挿した。

「姐《あね》さま、お着物を」

藤が着物を着せかけてきた。衿《えり》をしっかりと合わせ、白練の長襦袢《ながじゆばん》に緋縮緬《ひぢりめん》の着物を裾《すそ》引きのままで纏《まと》う。

「姐さまが留守のあいだ、おいでくださった主さまは五人です。そのうち、なじみが三人、初会の主さまが二人いらっしゃいました。お二人とも裏を返してくださいました。主さまのお名前は……」

綾は、留守中に起こったことや、客の名前、これからなじみになるかもしれない客の名前と特徴、素性を咲から聞いて覚えていく。

引手茶屋の宴席では、花魁《おいらん》はほとんど話さない。咲も助言してくれる。だが、知らないではすまされない。

「菱沼《ひしぬま》様は、裏を返してくださらなかったのかい?」

「はい」

桜の木が、大通りに植えられた日の客だった。

大店《おおだな》の主人らしいが、野暮な男だった。振袖《ふりそで》新造のお藤に、綾音太夫が使っている化粧品のことばかり聞いていた。

菱沼は、土左衛門になって死んだお峰のなじみで、そうとう入れあげていたらしい。

──ん？　でも、おかしいね。そんなに入れあげてたんなら、身請けしたらいいようなものなのに。

「どうしたのかねぇ」

「菱沼様は、お仕事が忙しいんじゃないでしょうか。廻船問屋《かいせん》はどこも商売あがったりだそうですが、菱沼廻船だけはすごく儲《もう》かってるって主さまが言っていました」

「へえ。何か商いのコツがあるのかねぇ？」

「主さまは、菱沼廻船は抜け荷をやってるに違いないって言ってましたよ」

「ああ、そりゃ、廻船問屋の悪口は、抜け荷って決まっているからねぇ」

抜け荷とは、阿蘭陀《オランダ》や中国との密貿易である。

どこそこの廻船問屋は抜け荷をやっている、というのは、儲かっている廻船問屋への定番の悪口だ。

鎖国をしている江戸において、阿蘭陀との密貿易は重罪で、ほんとうに抜け荷をやってのける廻船問屋はほとんどない。手間がかかるわりに罰則が大きすぎ、割に合わないからである。

「ほんとですね。今のご時世だとご禁制品を扱ってるっていうほうが、悪口としてはききめがありそうですね」

「あはは。そうだね。隠密同心が暗躍しているからね」

綾が隠密同心であることを知っている皆は、綾のきわどい冗談にドッと笑った。

留守の間の報告を聞きながら、花魁の支度を続けて行くと、お咲が用意した香木がふと目に入った。

なんだろう。何かに似ている。記憶を刺激するものがあるのだが、それが何か思い出せない。

――あっ！

「どうなさったのですか？　姐さま？」

お峰の形見。巾着《きんちゃく》袋に入った木ぎれの仏像。あちこち削り取ったあと。甘ったるい匂い。

――もしかして……。あれは、香木？

風呂敷《ふろしき》包みを開き、緊張に震える手で巾着袋を取り出し、中の木ぎれを取り出す。

――香木だ……。

どうして気がつかなかったのだ？　香道志野《しの》流皆伝の免状を持ってるくせに。香道をはじめて十二年にもなるくせに。

自分の粗忽《そこつ》さに臍《ほぞ》を噛《か》みながら、綾は香木を爪の先でこすった。表面に塗られた赤の顔料を落として、香木の色を見ようとしたのだ。

香木の種類は色でわかる。いちがいには言えないが、黒っぽいもののほうが高価で、色の薄いものが安い。

濃い飴色《あめいろ》の地肌がでてきた。

これは、沈香《じんこう》？　違う。このずっしりとした重さとつるっとした木肌は、伽羅《きゃら》ではないのか。

これではまるで、わざと安物に見せかけているみたいだ。

色を塗った香木。どこかで同じようなことを聞いた。

――沈香に色を塗って、伽羅に見せかけて高く売る諸国買物問屋もあるっていうよ。

古着屋のおかみがそう言った。

これは逆だ。

伽羅に色を塗ってわざと粗悪品に見せている？

なんでそんなことをするのだろう。

――ご禁制品……。

奢侈《しゃし》禁止令で高価な香木がご禁制になったから、色を塗ってご禁制でない粗悪品に見せかけた？

「お咲ちゃん、それ、貸しておくれな」

「はい」

香割台《こうわりだい》に木ぎれをのせ、小刀で爪の先ほどのカケラを削り取る。

「姐さま、どうしたのですか？　そのような怖いお顔をして？　香割台を使うということは、もしやこれ、香木ですか？　でも、どうして、色を塗ってあるのですか？　せっかくの香りが台無しになります」

お咲が聞いた。

「わからない。だから、聞くしかないと思って」

聞く、すなわち、香炉にくべて焚《た》き、匂いを嗅《か》いでみたら、この木ぎれの正体がわかる。

「火は入っているね？」

「はい」

銀葉にカケラを載せ、銀葉鋏《ばさみ》でつまみ、香炉の灰の上に載せる。

銀葉は、雲母《うんも》の縁を銀で巻いた透明な小さな板だ。小指の爪ほどの大きさで、熱に強い。香炉の灰の中に入れた木炭の熱をおだやかに通すので、銀葉の上の香木がゆっくりと温められて香りを放つ。

香炉からひとすじの煙が立ち上り、馥郁《ふくいく》とした香りが漂う。
甘くいい匂いだ。伽羅の香り。それも、最高級品だ。
だが、香りに雑味がある。
海の水をくぐったからか？　それとも顔料の匂いか？　顔料以外に何か塗っている
のか？　この雑味は、はじめて聞いた。
「沈香ですね。何かしら。変な匂いが混ざっています。でも、すごくいい香り。これ
は伽羅？」
藤が言った。
「そう。伽羅だね。ただの伽羅じゃない。東大寺《とうだいじ》だ」
東大寺とは、蘭奢待《らんじゃたい》の別名だ。
蘭の中に東が、奢の中に大が、待の中に寺があるため、東大寺と呼ばれる。香木の
最高級品。
貧相な木ぎれに見えたものは、千両箱にも匹敵する、お宝だったのである。
「蘭奢待……」
お咲が怖いものをみるかのように顔をしかめた。利発なお咲は、これが危険なもの
であることをわかったのだろう。

──まさかこれが東大寺だったなんて……。

香木を扱うのはどこだ？　仏具屋。線香屋。諸国買物問屋。あるいは廻船問屋。

菱沼廻船は抜け荷をしているという同業者の噂。

「お藤ちゃん。お峰さんの主さまが、菱沼様だというのは、ほんとうなんだね？」

「改めて聞かれると自信がありません。だいぶ時間が経っていますから……」

「お峰さんのことで、何かほかにおかしいと思ったことはないかい？」

「えーと、そうですね。お峰ちゃん、ぼうっとしたり、泣きそうにしているかと思うととつぜん笑い出したり、思い詰めた顔をしたり、なんだか憂鬱《ゆううつ》そうでした。私が話しかけても、返事をせず笑うだけのときもありました。年季が明けるのにどうして喜ばないのかな？　と思ったので覚えています」

「主さまと別れるのが悲しかったんじゃないかい？」

お咲が聞いた。

「ああ、なるほど。そうかもしれません。お峰さんは、主さまに身請けはしてもらえなかったわけですから」

「年季より早く証文を巻けるほど入れあげていたのに、意地悪《しょにん》なことだ」

綾がため息をつくと、お咲が言った。

「姐さま。身請けはやっぱり違うのでございましょう」

身請けは、遊女の借金を、客が全額支払うことをいう。身請けしたのち、客は遊女を妻か妾《めかけ》にする。

客は、彼女の人生に責任を持つということになるため、身請けはめったにない慶事となる。

「他に何かないかい?」

「お峰ちゃんの局見世《つぼねみせ》に香炉が置いてあったことがあります。お峰ちゃんは客が置いていったのよ、って言っていたので、こんな高価なもの、どうして置いていったのかなって思ったから覚えています」

局見世とは切見世のことで、散茶が起居し客を取る簡便な見世だ。

布団を敷くことができる程度の三畳ほどの長屋がずらりと並んでいる。

大見世の割床で、屏風《びょうぶ》で囲った布団でことに及ぶより、個室になっている切見世のほうがいいという客もいるほどだ。

さっきの髪結いの話を思い出す。西河岸に香炉を持っている女郎がいた。香炉は客にもらったと言っていた。若いのに証文を巻いて吉原を出ていきました。西河岸のお女郎さんでも、いいお客がついたら、出世するものだ。

それはお峰ではないのか。

だとすると、やはり菱沼廻船がお峰の客で、お峰の切見世で香を焚いた？

香木は菱沼廻船から峰への贈り物だったのだろうか。

遊女の気を惹《ひ》くためなら、香木より、もっとふさわしい贈り物があるのではないか。

そして、お峰は、香木を持ったまま吉原を出て、土左衛門になった。

どうして菱沼廻船は、綾音太夫を揚げて茶屋遊びをしたのだろう。

わからないことだらけだが、ただひとつ確実なのは、これが東大寺である、ということだけだ。

綾は香木を巾着袋に入れ直し、上草履に足を入れると、部屋を出て階段を下り、内証を訪れた。

「おとうさん」

「んっ？　どうかしたのかね？」

帳台に座り、帳簿をめくっていた清兵衛が顔をあげた。

遊女屋の主人は女の膏血《こうけつ》をすする亡八衆とさげすまれる。

だが、楼主の外見は仙人のようだ。清兵衛という名前そのままの、浮き世離れした老人に見える。

「これを八丁堀の中村様に持って行ってほしいんです」

清兵衛は、綾をじっと見た。

「今でなければならないのかね？」

清兵衛の瞳《ひとみ》がギラッと光る。

今から夜見世がはじまる時間で、吉原は多忙を極める時間だ。

楼主が帳台を立つことは難しい。

「はい。火点《とも》し頃に悪いのですが、おとうさんにしか頼めないことなんです。どうかお願いします」

「便り方どんには頼めないことなんだね」

吉原の文使いは優秀だが、高価なものや危険なものは託せない。

綾はこれからお役目がある。香席を開き、主さまをもてなす。綾音太夫としてははげまなくてはならない。

「はい。今でなければだめなんです」

「わかったよ」

「伝言をお願いします。『この香木と、菱沼廻船を調べてほしい』」

「ご禁制品かい？」

楼主は周りの目を気にして、声をひそめて聞いた。

清兵衛は、花魁《おいらん》同心の生みの親のひとりでもあり、綾のお役目の補助をしてくれる。

「抜け荷かもしれません。ですが、まだ何かありそうな気がして……」

ご禁制品のほうはまだしも、抜け荷は重罪だ。

清兵衛は巾着袋《きんちゃやく》を受け取ると、帯の内側に納め、あっさりと腰をあげた。

「わかった。行ってくるよ」

「おとうさん。ありがとうございます」

「えっ？　親方。お出かけですかい？　今から夜見世ですよ。もうすぐ大行灯《あんどん》に火が入りまさあ」

男衆《おとこし》が声を掛ける。

「ああ、わかってる。すぐに戻ってくるよ」

清兵衛は、ひょうひょうとした足取りで見世を出て行った。

見世先で、三味線が賑《にぎ》やかにかき鳴らされはじめた。

夜見世の始まりを告げる清掻《すががき》という三味線だ。綾はこれを聞くたび、奮い立つ思いになる。

見世先がぼうっと明るくなる。大行灯に火が入ったのだ。はじめはあえかだった火はすぐに燃えあがり、昼を欺くほどの明るさになった。

階段をあがろうとしたとき、頭上から賑やかに騒ぐ声が聞こえてきた。ぱたぱたと上草履の音が華やかに響く。

遊女は真冬でも素足だが、見世内では上草履を履く。この上草履がぱたぱたと鳴る音は、大見世の名物でもあった。

着飾った遊女たちが笑いさざめきながら階段を下りてきた。張見世に並ぶ下級遊女たちだ。

張見世とは、遊女が格子のこちら側にずらりと居並び、道行く男たちの品定めを受ける場所である。

綾は張見世に並ばず、自分の部屋でなじみ客の訪れを待つか、あるいは引手茶屋まで道中する。

「花魁、失礼します」

「お先に」

下級遊女たちは、綾に会釈をしながらすれ違っていく。

「おしげりなんし（はげんでください）」

「花魁も、おしげりなんし」

吉原は歴然たる階級社会だ。

張見世でさえ、座る場所が決まっている。売れる遊女は、大行灯の近くの目立つ場所に座れるし、売れない遊女は隅に座り、揚代も少ない。最上位と最下位では、揚代に何十倍もの開きがある。

女の価値が冷徹に値踏みされ、金子に換算される場所。それが吉原だ。

階段を下りる下級遊女と、階段の上の自分の部屋へと向かおうとする上級遊女の綾がすれ違っていく。

清掻《すががき》が終わると同時に、カンカンカーンと拍子木が鳴る。

「夜見世、はじまりでございますーっ」

「はじまりでございますー」

男衆がいっせいに声をあげた。

見世という見世でそれをするものだから、賑やかそのものだ。

見世のはじまりを待っていた男たちが、わぁっと歓声をあげながら、いっせいに拍手をする。

格子のこちら側で、すまして座っている遊女の姿が目に見えるようだ。

綾は表情を改めながら階段を上がった。

――さあ、ここからは戦場《いくさば》だよ！

綾は自分にいい聞かせ、隠密《おんみつ》同心から花魁へと意識を変化させ、階段を上がった。

「主さん、ああ、いい男だねぇ。お情けをちょうだいよ」

「寄っていっておくれな」

「あの女は美しいが淋《さび》しげでござるな」

「なにをいう、そういう女ほど情が深いのだ」

「俺ぁ、明るくて元気な女がいいねぇ」

階段の下からは、男を誘う遊女の声と、男たちが品定めする声が聞こえてくる。

踊り場についたときのことだった。

男衆の声が聞こえた。

「花魁！　滝沢様がいらっしゃいましたっ！」

いかにも旗本といういでたちの男が単身で入ってきた。初会客は引手茶屋を通すが、なじみ客は直接見世にやってくる。

「旦那《だんな》。お腰のものを」

「うむ」

男衆が腰の大小を押し頂くように預かった。

登楼するときは、武士といえども刀は男衆に預けるのが吉原の不文律だ。

男衆は、預かった刀を内証の刀掛けに掛けて、大事に保管する。

綾は、ぱっと華やかな笑みを浮かべると、恋人に逢《あ》ったような表情を浮かべ、階段を駆け下りた。

「滝沢様っ」

そして、彼の両手をきゅっと握った。

滝沢は品の良い遊びをする上客だ。

初会客にはつんとすまして気を引くが、なじみ客には愛想をふりまくのが綾音太夫のやり方だ。

「おいでなんし（いらっしゃいませ）」

「おお。綾音太夫。待っていてくれたのだね」

「あい、主さまに逢えてうれししんす。待ちかねておりんした。おあがりなんし」

綾は、滝沢の手を引くようにしながら、階段をあがっていった。

「滝沢様、おでましでありいす」

綾の部屋の前で声を掛けると、禿《かむろ》のうさぎととんぼが、襖《ふすま》を開けた。

「おいでなんし」

「おかえりなんし」

咲と藤、それにうさぎととんぼが一斉に平服する。

「主さま、どうぞ。香席の用意ができておりんす」

綾は、正客の位置に滝沢を案内すると、自分は亭主の位置に座る。

吉原において花魁は上座にいるものだが、香席の亭主は客をもてなす係なので、上座を客に譲るのである。

お咲がしずしずとやってきた。

香道具を載せた乱れ箱を、綾の前に置く。

お藤が奉書係の席に座り、禿のうさぎととんぼ、それに咲も客席に座る。

「香席はじめさせて頂きます。主題は都の春、ここに香る。やどにある、桜の花は、今もかも、松風《まつかぜ》早《はや》み、地《ち》に散《ち》るらむ」

綾は抑揚をつけて和歌を詠む。

花魁の私室に、雅《みやび》やかな雰囲気が満ちる。

奉書係のお藤が、紙に筆を走らせる。

「おお、いいね」

滝沢が小さな声でつぶやき、大きく頷《うなず》いた。

「桜の散る今の季節にぴったりじゃないか。さすが花魁。いい趣味だ」

「ありがとうございます。試香、はじめます」

贅沢《ぜいたく》で優雅な時間が流れていく。

二

綾はふーっとため息をつきながら、簪《かんざし》を抜いた。

香席が終わった。

組香は、五回のうち主さまが四つを当てて主さまの勝ち。咲は三、禿のうさぎととんぼは二回を当てた。客に花を持たせるのが、見世での遊びの不文律だ。

芸者の三味線も幇間《ほうかん》（太鼓持ち）の話芸も、酒食もなく、香が主役の上品な席だ。

主さまは、茶屋から取り寄せた料理で、お藤に酌をさせて晩餐《ばんさん》を取ったあと、今は、三つ重ねの布団の上で、綾音太夫の床入りを待っている。

「姐《あね》さま、おつとめに行ってまいります」

床着に着替え、寝化粧をしたお咲が綾に両手をついた。

綾はいつも、鏡を見ている気分になる。

お咲は、綾音太夫そのものだ。

床着なので、簪はつけていないとはいえ、顔だちといい、声といい、頬のえくぼといい、睫《まつげ》の長さといい、そっくりだ。

綾は、胸から腹にかけて大きな傷があるため、同衾《どうきん》はできない。お咲が綾音太夫として、つとめに励むのである。

「悪いねぇ」

思わず言ってしまったのは、お咲に体力仕事を任せるひけめからだ。

「いえ、姐さま。私は姐さまの名代をさせて頂くことによって、年季明けを早く迎えることができるのです」

お咲は十六歳で売られてきた。引きこみ禿から新造になった遊女と違い、教養を仕込んでもらう時間はなかった。

お咲は利発で床上手だが、筆も立たず、花も生けられない。お咲が番頭新造にならなかったとしたら、よくて張見世の部屋持ち遊女で、揚代は金二朱だ。

綾音太夫として枕を交わすと一両一分。二十朱になる。部屋持ち遊女の十倍の値がつく。

お咲が綾音太夫としてつとめを果たしたときの揚代は、そのままお咲のものになり、前借がなくなっていくという寸法だ。

「おしげりなんし（はげんでください）」

綾は、咲に両手をついた。

「姐さまも」

お咲はすっと立ちあがると、二つ折りにしたみす紙をくわえて、部屋を出て行った。

後ろ姿に色気が滲《にじ》む。

これで綾のお役目は終わりだ。あとはお咲にまかせておけばいい。

――どうしようかねぇ。朝顔長屋に戻ってもいいんだけど……。

泊まりこみのお役目だからと出ていったのに、木戸がそろそろ閉まるという時間に帰ってくると、長屋のおかみさん連中に詮索《せんさく》されそうだ。

――緋色小袖《ひいろこそで》娘三人殺しの下手人を逃したのは、惜しかったねぇ……。緋色小袖を着て、もういちどあのあたりを歩いてみようか。

あの浪人に襲われたとき、綾は鶸萌葱色《ひわもえぎいろ》（緑色）の鮫《さめ》小紋の小袖を着ていた。

抜け荷の件は数馬の調査結果次第だが、隠密同心のお役目のほうは、何ひとつ進展しないままだ。

とりあえず今は、お針の仕事に集中しよう。

綾は部屋の奥の納戸に籠《こ》もり、行灯《あんどん》の火をたよりに、古着の縫い直しの続きをはじめた。

第四章　山吹の花

一

綾《あや》は、櫛《くし》巻きに結った髷《まげ》に吉丁簪を挿し、緋色小袖を着た町娘のいでたちで、水茶屋の床几《しょうぎ》に腰掛けてお茶を飲んでいた。

綾は膝《ひざ》に風呂敷《ふろしき》包みを載せている。

ここに来るまえに古着屋に行き、縫い直しした着物を納品してきたのである。また新しく仕事を引き受けてしまった。

隠密同心のお役目があるので、納期をゆっくりにして貰《もら》った。膝の上の風呂敷包みは、縫い直しの着物である。

深川神明宮《ふかがわじんめいぐう》の参道は人通りが多い。

綾の前を、参拝の善男善女が歩いて行く。皆、楽しそうな表情を浮かべている。

中村数馬《なかむらかずま》がやってきた。

「すまぬ。待たせた」

「いらっしゃいませ」

たすき掛けに前掛けをつけた茶汲《ちゃく》み女が、愛想良く声を掛けた。

「花見団子と茶を頼む」

数馬は、綾の横に腰掛ける。

「何から話したらいいか……」

そのとき、噂する声が聞こえてきた。

「あらまぁ。二枚目の与力と、別嬪《べっぴん》さんの小町娘が逢い引きだわ」

「ほんとね。絵になるわねぇ」

参道を行く善男善女が、綾たちをほほえましそうに見ている。

数馬の横顔が、かっと赤くなった。不機嫌そうな口調で言う。

「他にいい場所はなかったのか？　こんな人の多いところを待ち合わせにするなど
と」

人通りが多いということは、逆に言うと一緒に歩いても目立たないということだ。

金《きん》さんとは、この茶屋で待ち合わせて、一緒に参道を歩きながら報告していた。

「廓中《さとなか》（吉原《よしわら》）の出会茶屋のほうがよかったですか？」

綾がからかうと、数馬が怒り出した。

「そのようなところ、そのほうはまだしも、それがしが行けるわけがなかろうっ！」

出会茶屋とは、恋人同士が愛を交わす目的で、時間借りをする茶屋である。

――よくも言ってくれるねぇっ。こっちは生娘なんだよ。

とは言わない。内心の思いを隠して笑顔を浮かべることには慣れている。

茶汲み女がにこにこしながら寄ってきた。

「あちらにお席を用意しましたのでどうぞ」

葦簀《よしず》の陰になっている一角を指差す。卓の上に数馬が注文したお茶と団子が置かれていた。ここなら人目を気にせず、内緒話ができる。通行人のざわめきが、ほどよく会話を消してくれる。

「かたじけない」

「ありがとうございます」

綾と数馬が席を移動すると、茶汲み女が綾の飲みかけの湯飲みを持って行き、葦簀の陰の卓に置く。

「いえいえどういたしまして。ごゆっくり」

笑顔の素朴な、愛らしい娘だ。化粧気はなく、おきゃんなお色気が感じられる。

茶汲み女は、水茶屋の看板娘だから、かわいい娘ばかりだ。美人画に取りあげられることも多い。

「うむ」

数馬は鷹揚《おうよう》に頷《うなず》いたが、まんざらでもなさそうな顔をしている。

「中村様、鼻の下が伸びておりますよ」

なんとなくおもしろくない気分になって冷やかすと、数馬が逆襲してきた。

「誰かと違って若くて素直そうだと思っていたのだ」

「私は十八歳ですよ」

「えっ。そうなのか。知らなかった。すまなかった。許せ。そのほうは、そのう、貫《かん》禄《ろく》があるゆえ」

あっさりと頭を下げられてとまどってしまう。

たしかにあの花魁《おいらん》装束は落ち着いて見えるし、重量感があるから、実年齢よりも上に見えても仕方がないのだが、貫禄という言い方がおかしくて聞き返す。

「貫禄なんて力士みたいですね」

「あっ。そうか。そういう意味になるのか？　すまぬ。許してくれ。太っていると言いたいわけではないぞ」

「言ってますが」

「うっ」

数馬の困った顔がおかしくて、綾は声をあげて笑った。

数馬は、ごほんと咳払《せきばら》いをし、お茶を飲んだ。

「私の文《ふみ》は読んでくれましたか？」

「ああ。読んだ。例の廻船《かいせん》問屋は、何ら後ろ暗いところはない」

「そんなまさか。抜け荷ではないのですか」

「そのほうの報告は御奉行にもあげ、調べてもらっている。抜け荷はやっていないそうだ。たしかに、あの廻船問屋は同業者の嫉妬《しっと》を集めているほど順調だが、まっとうな商いだ」

「あの香木は？　ご禁制品ではないのですか」

「香木はご禁制品ではない」

「そうだったんですか」

意外だった。奢侈《しゃし》禁止令で仕事がやりにくくなった話は、商家の旦那《だんな》衆から聞いて知っている。

贅沢《ぜいたく》の極みのような香木が、合法なんて知らなかった。

「香木なんて、いちばんに規制されそうなのに」

「御奉行が言うには、大奥がうるさいそうだ」

「でも、奢侈禁止令というのは、私たちすべてにかかるものですよね。そうせえ様……将軍様は、芽生姜《めしょうが》の初物さえ食べられなくなるのはあんまりだとおっしゃったとお聞きしましたが」

「そのような噂があるのか。大奥は、そのう、私たちとは違うのだ。大奥で着物に香を焚《た》きしめるから、香木はご禁制品にならなかったのではないか、というのが、御奉行のお考えだ」

「そうですか……」

綾は理不尽さに唇を噛《か》んだ。

あれは贅沢だからだめ、これは贅沢だからだめと着物の柄や食べ物まで規制され、庶民は不便な思いをし、商人たちは困っている。奢侈禁止令の対象は将軍にさえも及んでいて、将軍は芽生姜の初物が食べられないと嘆いている。

それなのに大奥でよく使うから香木が規制されないなんて納得できない。

「大奥って、将軍様より偉いのでしょうか」

「それはありえぬが……」

「大奥では、伽羅《きゃら》をよく焚いているのですか？」

「よくは知らぬが、そのようだ」

綾はつい先日、見世で香元手前をしたが、吉原だから許させる贅沢だと思っていた。

大奥というのは、吉原よりも贅沢なところらしい。

「まるで吉原みたいですね」

数馬が返答に窮したとばかりに黙りこんだ。

そして、怒ったような口調で言う。

「将軍のお胤《たね》を守るための大奥と、下賤《げせん》な欲望が渦巻くところを一緒にしないでもらおう」

胸の奥がひんやりする。

数馬は吉原を、下賤な欲望が渦巻くところだと思っている。ひいては綾を、金子と引き替えに卑賤《ひせん》な商いをする女だと思っている。

だが、綾は、平然といなした。

「はいはい。わかりましたよ」

この程度のことで怒ったりしていたら、吉原の花魁はつとまらない。

数馬は悪い人間ではない。正直すぎるだけだ。

豪華な打ち掛けを纏《まと》い、天女のようだとほめそやされても、世間の評価はそういうものだ。

「すまぬ。言い過ぎた」

数馬がおろおろと目をそらした。

綾に対して、言ってはいけないことを口にしたという思いはあるらしい。

「香木が禁制品でないなら、返してもらえませんか。浄閑寺《じようかんじ》に奉納して、お焚きあげをしてもらいます」

「千両箱に引き替えられるほどの香木だぞ。そなたたちを見世ごと買えるほどの宝だぞ」

「はい。わかっておりますよ。この香木はお峰《みね》さんの持ち物ですから、お峰さんの供養をしたいのです」

「冗談はよせ」

「はい。冗談ですよ」

数馬は首を横に振って黙りこんだ。理解できないとばかりの表情だ。

沈黙が落ちた。

「それはできぬ。もうしばらく預からせてくれ」

「なぜですか?」

「御奉行によると、あの香木には、なにやら塗ってあるそうだ」

「やはり、顔料以外にも何か塗ってあったのですか」

「うむ。どうもそうらしい。蘭学医に頼んで、分析してもらっているという。海に落ちて、ほとんど流れてしまっているので、検分にはもう少し時間がかかるそうだ」

「東大寺《とうだいじ》に何かを塗って匂いを悪くするなんて、なんでそんなもったいないことをするのかしら」

「東大寺とわかったのか⁉ 見た目はただの木ぎれであろう?」

「はい。私も、色が塗ってあったこともあって、ただの木ぎれに見えたのです。でも、聞いて……香炉にくべたら、香りでわかりました。雑味があるので、何か塗ってあるなって思ったのです」

「香の知識があるのか」

「香道志野《しの》流皆伝です」

数馬が信じられないというような表情で綾を見て、黙りこんだ。

綾は聞いた。

「辻《つじ》斬りのほうの進行状況は?」

「膠着《こうちゃく》状態だ。下手人は抜刀術の使い手だというそなたの報告を聞き、江戸《えど》中の抜刀術の道場を調べた。そのほうから聞いた特徴に該当するものはいなかったそうだ。しかも、そのほうが襲われたあと、辻斬りはぱたりとなくなった」

「そうですか。緋色小袖《ひいろこそで》を着てきたのに、残念です。次はお縄にして見せるのに」

「小袖の色は関係ないのではないか。あるいは、その侍は、目に異常があり、色がわかりにくいとか……」

「色がわかりにくいなんて、そんな人がいるのですか？」

「ああ。茶と緑と赤が同じに見える人がいるらしい」

「そんなことはじめて聞きました」

「そなたは侍に襲われたとき、鶸萌葱色《ひわもえぎ》（緑色）の着物を着ていたと申したな？　その浪人の目には、緋色小袖に見えたのかもしれぬ」

「だったら、鶸萌葱色か、緋色か、あるいは茶色の着物だと、その侍が襲ってくるかもしれない、ってことですよね」

「うむ。だが……」

　葦簀の陰から、道行く人が見える。

緋色小袖の娘が二人、笑いさざめきながら通り過ぎて行った。

「辻斬りがなりをひそめたので、娘たちが緋色小袖を着るようになった。その浪人をおびき出すことは難しいぞ。手がかりは他にないのか？」

「あの浪人は、腕自慢のようでした。私をお庭番か、と聞いて、おもしろがっていましたから。あと、私の風呂敷《ふろしき》包みをよこせって言っていました」

「その風呂敷包みの中身は？」

「縫い直しをする古着です」

「うーむ」

数馬がうなった。

一大事の検分は、袋小路に入りこんでいた。

「手詰まりを打破する方法がひとつあります。剣術大会を開いてほしいのです。腕自慢の剣豪たちが集う剣術大会があれば、あの浪人がやってきます」

「それがしの一存では不可能だ」

「御奉行に言って頂けませんか？」

「わかった。上申するが……。御奉行も忙しくていらっしゃるゆえ、あまり期待しないほうがいいぞ」

綾は気付かれないようにため息をついた。

──中村様を通さず、金さんと直接やりとりしたいねぇ。

こういうとき、お祭り男の金さんなら、おもしろがって二つ返事で引き受けたことだろう。適当な理由をつけて、関係各所に掛け合い、大がかりな剣術大会を催しただろう。お祭りのような大騒ぎになっただろう。

江戸中の道場に出かけて、剣豪たちを集めて回ったはずだ。

金さんなら、自分が飛び入り参加して勝ち抜くぐらいのことはやってのける。

「下手人を探すために道場を回ったのは、中村様？」

「まさか。私が回ったのは数軒だけだ。江戸中に、何軒道場があると思っているのだ？　お尋ね者の人相書きを預けて、岡っ引きに行ってもらった」

岡っ引きは、与力・同心が個人的に召し使う使用人だ。

「私が番所に行ったときに聞き取りをされましたが、あの人相書きですか？」

「ああ。これだ」

数馬は、懐から人相書きを取り出した。

「もしも下手人に逢《あ》ったらすぐさま捕り物ができるよう、持ち歩いているのだ」

数馬はどうだえらいだろ？　とでもいうような、得意そうな表情で胸を張った。

綾は絶句した。

丸い鼻、垂れ目、おかめ顔。

あの侍とは、似ても似つかない人相書きになっていた。

「別人です」

「え？」

「どうしてこんなに変わってしまったの？　番所の同心は、特徴を捉《とら》えたそっくりな人相書きを作ってくれたのに」

「ううっ」

「人相書き、何十枚も写したのですか？」

「二十枚ほどだ。わ、私が描いたのではないぞっ。枚数が多いから、人相書きが得意な同心数人に頼んで、岡っ引きに持たせたのだ」

「原本から写すのではなく、写しから写しを作ったのではありませんか？」

「そ、そうかもしれぬ」

「写すたびに、少しずつずれていって、別人の絵になってしまったんでしょうね」

「だったら、人相書きを持って江戸中の道場を見て回ったことは、無駄足だったことにならないか」

「そういうことになりますね」

「うっ！」

数馬はうなり声をあげて頭を抱えた。

　げっそりしているのは綾も同じだ。

　諸色掛《しょしきがかり》としては初任だが、与力としては八年になると胸を張っていたくせに、こんなに基本的なことで失敗するなんて信じられない。

女の隠密《おんみつ》同心、まして花魁《おいらん》である綾の補助役が不満で、なおざりに仕事をしているからだろう。

「中村様。私がお嫌いでもかまいません。ですが、お役目だけはしっかりやって頂けますようお願いします」

きっぱり言って頭を下げると、数馬が不愉快そうに眉《まゆ》を寄せた。

綾は気付かないふりをした。

「あいわかった。人相書きを描くゆえ、特徴をもういちど教えてくれ」

数馬は似ても似つかない人相書きを裏返すと、矢立を取り出した。

「中村様は書画が得意なのですか？」

「うむ、……ま、まぁな」

「月代《さかやき》が伸びていて、くたびれた着流しを着ていました。つりあがった瞳《ひとみ》で、鼻筋が通っていて、頬が痩《や》せこけていて……」

数馬が紙に向かって筆を走らせるが、彼には画才はない様子だ。

雰囲気をなごやかにするためにわざとやっているのかと思ったが、数馬はいたって真剣だ。本人はまじめなのが、よけいにおかしさをけしかける。

「こ、こんな感じでいいだろうか？」

数馬が筆を置いた。

子供のイタズラ書きのほうがずっとましだ。

自信のなさそうな表情がおかしい。

はじめ、ぽかんとその様子を見ていた綾は、笑いをこらえるのに苦労した。

「そ、そうですね……。目が二つで、鼻が一つで、口が一つなところが一緒ですね……」

「そのう、私は人相書きは苦手なのだ……」

綾はついに噴きだした。

——中村様、絵が下手なこと、自分でわかっていたんだね。

失礼だとわかっていても、いったん爆発した笑いの波動は、止めることができない。

あんまり笑っているので、茶《ちゃく》汲み女がちらっと見た。好き合っているもの同士、話が弾んでいるように見えたのだろう。ほほえましそうに目を細めている。

「そ、そんなに笑うなら、そなたが描けばいいではないか」

数馬は酸っぱいものを食べたような顔をして、そっぽを向いた。

「はいはい。筆、お借りしますよ」

綾は数馬から筆を受け取ると、数馬の人相書きの端のほうに、記憶に残る浪人の顔を描き留めた。

眼光のするどい目、月代が伸び、髭《ひげ》も当たっていない、こけた頬、鼻筋が通っていた。

綾の動かす筆の先から、あの浪人の顔が浮かびあがっていく。

だが、自分で描いてみて気がついた。

こんな顔立ちの浪人、江戸に何十人といる。

ほくろや刀傷やアザのような、わかりやすい特徴があればまだしも、人相書きではこの下手人を見つけることは難しい。

岡っ引きを何人動員しても、江戸中の道場を聞いてあるいても、居場所を突き止めることさえできないのではないか。

相対すればわかるのだが……。

あの剣気。殺気。剣呑《けんのん》な瞳の色。

力を抜いて立っているにもかかわらず、抜き身の刀のような迫力を放っていた。

綾はぶるっと身体を震わせた。

隠密同心になって二年、それなりに修羅場もくぐってきたが、あの浪人は危険だ。

あの浪人はそうとうの使い手だ。

抜刀術は、一の太刀と二の太刀さえしのいだらなんとかなるが、青眼に持ち直したことを思うと、まともな剣術も修めている。

綾は筆を置いた。

「こんな感じの顔だちでした」

「うまい……」

——当たり前だよ。引きこみ禿《かむろ》が、どれだけの教養を仕込まれると思ってるんだい？

五歳で吉原に売られた綾は、容色と器量を見込まれ、花魁候補として教養を仕込まれた。

華道、茶道、香道、書画に文字、和歌、囲碁、将棋、琴、三味線、小唄《こうた》、お針。

師匠は厳しく綾を教えた。遊びたいさかりの子供である。はじめはどうしてこんな稽古《けいこ》をしなくてはいけないのかと気乗りしなかったが、師匠に払う礼金は自分の借金になると知ってからは、必死で稽古した。

「そなたは画の才があるのだな」

「才のあるなしではないのです。師匠について稽古すれば、誰だってこれぐらいは描けるようになりますよ」

数馬がわかったような、わからないような顔をした。

なんで吉原の花魁が書画を稽古するのかと不思議に思っているのだろう。

説明するのも面倒で、綾はお茶を飲み干すと、席を立った。

「中村様、このあとお約束はありますか？」

「ないが」

「一緒に来てほしいのです」

「んっ？」

何を考えたのか、数馬が顔を赤くさせた。

「出会茶屋ではありませんよ」

「そ、そのようなこと考えておらぬわっ」

「顔、赤いですよ」

「もう一度聞いてほしいのです」

「うっ」

「太助《たすけ》さんに逢って、お峰さんの持っていた木ぎれについて、もう一度聞いてほしいのです」


そなたが行けばいいではないかとか、太助は何も知らないと思うぞとか、行っても無駄だとか、否定的な回答が返ってくるかと思っていたが、数馬は意外にも腰をあげた。

綾が嫌いでもいいが、お役目はきちんとやってほしいと言ったのが効いたのだろう。

「わかった。行こう」

「助かります」

綾はほっとしていた。

太助は綾音太夫と逢っている。簪《かんざし》職人の太助は、綾の吉丁簪を覚えているはずだ。簪をつけて太助に逢えば、綾の正体がばれる。

だが、この簪はお役目に必要だ。外したくないので、数馬が来てくれると助かる。

「世話になったな」

数馬が茶屋の卓に、心付けを置いた。

「ありがとうございました」

茶汲み女が、満面の笑みを浮かべながらお辞儀をした。

数馬は、茶汲み女をまぶしそうに見つめている。

「かわいい茶屋娘ですね」

「そなたはいじわるだな」

綾は笑った。

数馬は不器用で、綾を困らせることもしてくるが、どこか憎めない。

肩を並べて歩き出す。

「中村様はなんで与力になったのですか？」

「父上が与力だったからだ」

「お父上は息災ですか？」

「下手人をお縄にするさい、命を落とした」

「そうでしたか」

「それがしは元服したばかりで、父上についてお役目を覚えている最中だった。もう少し父上に、教えを請いたかった」

「じゃあ、中村様は、代々与力なのですか」

「ああ、曽祖父《そうそふ》も、祖父も父も与力だ」

よくある話だ。

与力・同心は世襲である。先祖代々からの与力が多い。

だが、金さんが言うには、本来、与力・同心は一代限りなのだという。

二

今から二年前、金さんをかばって怪我をし、意識を失っている間に、隠密同心にとりたてられたと知って驚く綾に、北町奉行は言った。

――私が隠密同心なのですか？　私は吉原の遊女ですよ。

――べらんめえ。私は北町奉行だ。与力も同心も抱席《かかえせき》と言ってな、奉行が任命するのが本来の形なんだよ。

金さんは、子供のように無邪気なところがあった。

旗本で御奉行という偉い人なのに腰が軽く、皆に金さんと呼ばれて慕われていた。

お祭り男で、明るくて陽気で、それでいて頭の回転が速く、理想的な上司だった。

三

「先祖代々の与力なら、剣術の腕前も確かなのでしょうね」

「うっ」

数馬は口ごもった。

「……あ、あぁっ、た、確かだっ。師範代には……と言われているが……、がんばってはいるのだ……。う、うんっ。まぁ……っ」

筋が悪いと言われているが、と聞こえないぐらいの小さな声で呟《つぶや》いたのを、綾は聞き逃さなかった。

思わず顔がほころんでしまう。

「わ、笑うな」

「はいはい。笑いませんよ」

話しながら歩いていると長屋についた。

長屋は騒然としていた。

帯に十手を挿して、尻《しり》はしょりをした岡っ引きの兄さんが、下っぴきになにやら指示をしている。

太助の部屋の玄関が開け放され、同心が玄関を出入りしている。

山吹の花が、皮肉のように鮮やかに咲いていた。

「何かあったのだろうか？」

数馬はのほほんとしているが、綾は顔を真っ青にさせていた。

──遅かった！

長屋の人たちが遠巻きにして、心配そうに見守っている。

その中に見知った顔を見つけ、あわてて駆け寄る。

「何かあったのですか？」

前に着物を持って太助の長屋を訪ねたとき、親切にいろいろ教えてくれたおかみだ。

幸い、おかみは、綾の顔を覚えてくれていたようだ。

「あっ。お針子の姐《ねえ》さんだねっ」

「はい。あのときは世話になり、ありがとうございました。太助さんに何かあったのですか？　着物の具合を確かめたくてやってきたらこの騒ぎで、びっくりしています」

「物取りだよ」

綾は絶句した。

「ひどいねぇ。こんな長屋に住んでいる簪職人が、金目の物なんて持ってるわけないだろう。なのに、家中を荒らされて。脅されたみたいで、悲鳴とひっくり返すような物音がすごくてねぇ。みんな部屋に籠《こ》もって震えていたんだ。かわいそうに……」

「太助さんは無事なのですか？」

「それが……」

そのとき、戸板に乗せられ、菰《こも》を被《かぶ》せられたほとけが、下っ引きの手で運び出されてきた。死体は血まみれで、戸板の下から鮮血が滴っていた。

うつぶせになっているので、顔は見えなかったが、菰から腕が覗《のぞ》いていた。戸板の下に落ちかかり、だらんと力なく揺れている。指先が血まみれだった。

死んでいることははっきりわかった。

菰から覗く袖《そで》は、綾が縫った着物だった。

豆だらけの簪職人の手。つまみ細工を作るために、人差し指と親指の爪を伸ばしているのだと言っていた。

――俺は簪職人だから、いい簪を作ることが妹の供養になる、そう思っています。

あの花見の席で、太助はそう言っていた。

その太助が死んでいる。

太助はもう二度と、簪を作ることができないのだ。

雷に打たれたような衝撃に、身体が小刻みに震え出す。

「なんで？　なんのために？　物取りなんて、どうして？」

衝撃のあまり、棒読みのような口調で聞くと、おかみが答えた。

「それがわからないんだよ。岡っ引きの兄さんは押しこみ強盗だって言うけど、変な話だと思わないかい？　こんな貧乏長屋に、どうして強盗が入るんだい？　もっと金がありそうな家に入ればいいさね」

──東大寺だ……。

千両箱一個にも相当する香木だ。押しこみ強盗は、東大寺を探している。お峰の不慮の死も、事故ではなく殺人だったのかもしれない。

そうなると、糸を引いているのは菱沼廻船《ひしぬまかいせん》？

だが、茶屋遊びをしたときの菱沼の印象は、野暮ったくはあるものの、悪者には見えなかった。

──私がもっと早く東大寺だと気付いていたら、太助さんは死なずに済んだかもしれないのに……っ！

下手人は香木を探している。

――もしかして……。

綾の中である疑念がぐるぐると渦巻きながら固まって、形を取ろうとしていた。

綾は、勘違いをしていたのではないか。

緋色《ひいろ》小袖娘三人殺し。

あれは、緋色小袖を着ていたから襲われたのではない。

綾が襲われたとき、着物の色は鶸萌葱《ひわもえぎ》色。緋色小袖ではなかった。古着屋からの帰りで、古着を包んだ風呂敷《ふろしき》包みを胸に抱いていた。

――あれは……。あの浪人は……。

――どうしてもっと早く気がつかなかったの⁉

――私のせいだ。私がもっとしっかりしていたら。

数馬が同心に走りより、朱房の十手を見せて、何事か話している。

数馬が綾に向かって目で合図した。道を指差しているのは、歩きながら話そう、というしるし。

綾は、おかみにおじぎをして、数馬のほうへ移動した。

「同心から聞いてきた。物取りのしわざらしく、家捜しされていたそうだ。検死はこれからだが、拷問されたらしく、手の爪を剥《は》がされていた」

おかみも、悲鳴がすごかったと言っていた。

「ひどい……っ！」

綾は憤った。

太助は簪職人だ。職人の指から爪を剥がすなんて、ひどすぎる。

「真っ青だぞ。大丈夫か？　やはり、婦女子が隠密《おんみつ》同心など無理だ。そなたは本業に集中せよ。身体を売るのがそなたの仕事だ。御奉行にそのように奏上しよう」

――婦女子が隠密同心など無理？

――身体を売るのが私の仕事だってえ？

だめ押しだった。ただでさえ動揺していたときだ。いままでならやり過ごしていた怒りが、限界を突破した。

「中村様は、香元手前ができますか？　立花は？　琴は？　小唄《こうた》はどうです？　三味線は？　茶道の袱紗《ふくさ》裁きはできますか？　お針は？　和歌を詠むことはできますか？　囲碁と将棋はお強いですか？　書画は苦手だとおっしゃっていましたね？」

綾は、笑みを浮かべながら、おだやかな口調で聞いた。

綾は吉原の遊女だ。内心の思いを隠して笑顔を浮かべることに慣れている。だが、綾は人形ではない。切れば血が出る生身の女だ。

綾を侮ってかかるくせに、与力のお役目さえまともにしてくれない数馬への怒りが爆発した。

「囲碁や将棋ぐらいはできるが……それがどうした？　それがしは、武士としての教養は普通に身につけているぞ」

「私、できます。全部できます。香元手前は皆伝止まりですが、茶道と立花は師範代です。将棋は苦手ですが、囲碁は強いですよ」

「それはすばらしい。だったら、師匠をして暮らしていけばいいではないか」

「私は五歳のときに吉原に売られました。呉服問屋の娘でしたが、父が手形詐欺でお裁きを受け、闕所物奉行《けっしょもの》（差し押さえ担当の奉行）にみぐるみはがされて、首をくったのです」

「ふむ。それは、気の毒な話であるが、お裁きは絶対だ。悪いのはそなたのち……」

数馬は、悪いのはそなたの父だ、と言おうとしたのだろうが、綾が怒っていることにようやく気付いたらしく、言葉を呑《の》みこんだ。

「水呑百姓の子は、どうがんばったって百姓にしかなれません。与力の子は与力です。お殿様の子はお殿様です。商家の娘は商家にお嫁に行き、商家の嫁として一生を過ごします」

「うむ。その通りだ」

「では聞きます。咎人《とがにん》の娘は咎人ですか？」

「お裁きを受けた下手人は咎人だが、その娘には罪がない」

「でも、お裁きを受けると、お上は土地、家屋、財産を全部没収しますよね」

綾の父が受けたのは、身代限りという財産罰だ。

財産を没収される刑罰であり、詐欺罪に適用される場合が多いとあとで知った。

「財産全部没収されて、家族が生きていけますか？　咎人とその家族はのたれ死ねとおっしゃるのですか？」

「それは」

「両親が首をくくり、私は吉原に売られました。吉原は、努力と才覚で、のしあがることができるのです。私はのしあがりました。たくさんお稽古《けいこ》して、いっぱい努力して、のしあがりました。咎人の娘でも、花魁《おいらん》になれる。水呑百姓の娘でも、自分の努力しだいで、旗本百万石のお殿様に見初められる。それが吉原です」

数馬は黙った。

お上を批判する綾の言葉に数馬が言い返さなかったのは、綾がひどく怒っていたからだろう。

「もちろん、それは、簡単な道ではありません。吉原の遊女は三千人。そのうち大見世でお職を張る花魁は十人以下です」

数馬のような、先祖代々与力で、生まれたときから身分が保証されているお殿様に、綾の苦労と努力がわかるものか。

侍の子として生まれながら、剣は筋が悪いと師範に言われているという数馬に、与力でありながら人相書きが苦手な数馬に、綾と同じ努力ができるか。

綾は努力と汗で勝ち抜いて、花魁になったのだ。

「だったら、花魁をすればいいではないか？　借金を返すためにやっているのであろうが……」

「私は借金は全部返せていますよ」

綾が遠山《とおやま》奉行をかばって下手人に切られ死にかけたとき、遠山奉行は綾を便宜的に隠密同心にとりたてた。

蘭学医にかかる治療費を公金から支払うためには、お役目のせいで怪我をしたという体裁が必要だったからだ。

そして楼主の清兵衛《せいべえ》に俸禄《ほうろく》を支払い、前借金に充てよと迫った。

楼主は証文を破った。同心の俸禄は三十俵二人扶持《ぶち》で、遊女を身請けするにはいささか心許《こころもと》ない金子である。だが、清兵衛は、綾の前借金を帳消しにした。

奉仕や哀れみの感情からではない。この娘はもう死ぬと見て取って、御奉行に恩を着せるほうが利益になると判断したのだ。たとえ生き残っても、腹と顔に傷を負った振袖《ふりそで》新造など、商品価値がない。げんに綾は、客を取れない花魁になった。

「え？　借金は返せているのか？　だったらなぜそなたは吉原に留《とど》まるのだ？」

「私は、江戸町民の暮らしを守りたいのです。私は五歳で、平和な暮らしを失いました。こんな思いをするのは、私だけでたくさんです。だから、花魁をしています。吉原は、あらゆる情報が入るところだから、お役目に都合がいいんです。私が動揺しているのは、ほとけを見たことではなく、私の力が及ばず、太助さんをみすみす殺させてしまったことなんです」

「そ、そうか、すまない。で、でも、女子《おなご》の身で、浪人や博徒と渡り合うことになるのだぞ」

「剣術と十手術は、金さんから教えてもらいましたよ」

そして亡八術。吉原にだけ伝わる、存在さえ秘められた門外不出の格闘術。

痩《や》せこけた遣《や》り手婆《てばば》でさえ、熊をも投げ飛ばすことのできる伝説の柔術だ。遊女を折檻《せっかん》する課程で研究され磨きあげられた、遣り手婆と男衆《おとこし》の亡八術。遊女の何十万の苦痛と血と汗と涙の末に生まれたそれを、綾は身につけている。

――私は中村様より強いですよ。

とは言わないが、いじわるな気分は収まらない。

綾は数馬に脅しをかけた。

「私の心配より、御身の安全を図るほうがいいのではありませんか？」

「んっ？」

数馬はわかっていないのか、不思議そうな顔をした。

「下手人は、東大寺を探しています。太助さんが東大寺を渡したのは中村様です。下手人が中村様を殺しにやってきますよ」

綾は天女のような甘い微笑みを浮かべながら、毒を放った。

数馬は、顔を赤くさせたり、青くさせたりしていたが、深呼吸すると言った。

「か、返り討ちにしてくれるわ。お、お縄にする、い、いい機会だ」

言葉はいさましいものの、声が震えている。

「私は菱沼廻船に行きます」

「ま、待て……。内与力が菱沼廻船は慎重にやれと言っておられた」

内与力とは、御奉行の直接の配下である。数馬のような与力や綾のような同心は、お上（将軍）に召し使われる立場であり、御奉行の家来ではない。

「理由は？」

「知らぬ。前の御奉行の内与力が言ったのだ」

金さんならまだしも、前の御奉行の内与力が言ったことなんて参考にならない。

まして理由もわからないのだ。

綾には、そんな理由で菱沼廻船の検分をしない数馬のふがいなさのほうが気になってしまう。

「ええ。慎重に検分しますわ」

「ほとけの検死がおわってからでもよかろう」

「待てないのです。ほとけが増えるわ」

「どういう意味だ？」

綾は答えなかった。この血の巡りが悪い男に説明する時間が惜しい。

綾は、踵《きびす》を返した。

緋色《ひいろ》小袖の商家の娘が三人連続で辻《つじ》斬りにあった。

同じ侍に、綾は鮫《さめ》小紋の鶸萌葱《ひわもえぎ》色の小袖を着ていたときに襲われた。風呂敷包みの中の古着が、白檀《びゃくだん》の甘い香りを放っていた。

あの浪人は、何かを欲しがっていた。それを渡すなら、悪いようにはしないと言った。

浪人が切ったのは、綾の抱えていた風呂敷。風呂敷の中身は、白檀を焚《た》きしめた古着。

浪人は、緋色小袖の娘を襲っていたのではなく、香の匂いのする娘を襲っていた。

商家の娘なら、香を着物に焚きしめる。

香席で使う組香ならまだしも、古着屋が着物に焚く香は、白檀などの安価なものが多いが、白檀の香りと蘭奢待《らんじゃたい》の匂いの区別がつくのは、香に詳しいものだけだ。

お峰を殺したのもあの浪人だろう。

東大寺のでどころは、菱沼廻船。

菱沼廻船に、あの浪人がいる。

――さぁ、ここからは戦場《いくさば》だよ！

綾は後ろ手に吉丁簪《かんざし》を抜き、感触を確かめてからもういちど髷《まげ》にさした。

「それがしは知らぬぞ！」

綾の背中に、数馬が声を掛けた。

「お好きにどうぞ」

——太助さん。お峰さん。緋色小袖の三人のお嬢様方。
——あなた方の無念、私が晴らしてしんぜましょう。
綾は、振り返りもせずに歩いて行く。

第五章　鳥追い女

一

綾《あや》は鳥追い姿で、三味線を弾きながら歌い歩いていた。

「唄《うた》い囃《はや》せや、大黒。一本目には池の松。二本目には庭の松。三本目には下がり松」

松づくしというめでたい歌で、明るくて華やかな旋律だ。

間奏で、ツンシャンシャン、ベンベンと三味線を弾くと、いやがおうにも視線が集まる。

紅鹿子《べにかのこ》の絞りの紐《ひも》をつけた菅《すげ》の笠《かさ》に、衿《えり》に黒い布をつけた縞《しま》の着物、日和下駄《ひよりげた》を履き、手の甲と足首に浅葱《あさぎ》色《いろ》の脚絆《きゃはん》と手甲《てっこう》をつけている。

鳥追いの粋《いき》な姿は、綾によく似合っていて、ぱっと目を引く華やかさがあった。

「鳥追い女だよ」

「こんな時季に珍しいねぇ」

鳥追い女は、新春の風物詩だ。お正月の松の内に、新春を言祝《ことほ》ぐ歌を歌いながら、三味線を鳴らして道を行く。

元々は農村で、鳥を追い払うそぶりをして豊作を祈る行事だったのだが、それが次第に変化して、新春行事になったのである。

音に誘い出された家人に手招きされ、家の中で歌を披露するときもあれば、集まってきた人たちに囲まれて歌うときもある。歌が終わると笠を逆にして祝儀を頂く。

鳥追い女は、十五日を過ぎたら編笠を菅笠に替えて歩くのだが、鳥追いはやはりお正月のものという印象が強いのだろう。足を止めて眺める人はいるものの、祝儀を投げる人もいなければ、門から手招きされることもない。

「ああ、いい声だねぇ」

「三味線はいいな。こう、ぱあっと明るい気分になる」

「この鳥追い女、三味線が上手だね」

引手茶屋の芸者衆に比べると、綾の三味線はやはり劣る。花魁の教養は、広く浅くになってしまうからだ。

だが、声の良さと人目を引く美貌《びぼう》、それに華やかな雰囲気が、綾を本物の鳥追い女のように見せていた。

「四本目には志賀の松。五本目には五葉の松。六つ、昔は高砂《たかさご》の、尾上《おのえ》の松や、曽根《そね》の松」

踊るような足取りで進んでいくと、すれ違う男たちが囁《ささや》いた。

「この鳥追い女、小股《こまた》の切れあがったいい女だねぇ」

「そそるじゃねぇか」

「ああ、こんな女を抱いてみたいね」

鳥追い女は売春を兼ねる場合が多い。

新春でもない時期の鳥追い女は、売春目的がほとんどだ。

「姐《ねえ》さん。いくらで寝てくれる？」

「すみませんねぇ。お祝い事に呼ばれているんですよ」

「そうか。そりゃ残念だ」

ここは本所深川《ほんじょふかがわ》。小名木川縁《おなぎがわべり》。小名木川の川面《かわも》を千石船が行き交い、米俵を積みあげた船の帆が、春の陽ざしに白く光る。

潮の匂いがするのは、隅田川《すみだがわ》の河口に近いから。

廻船《かいせん》問屋は、小名木川と隅田川が交わるあたりに集中している。船の出入りに便利だからだ。

綾は、町娘の姿をしていたとき、あの浪人に顔を見られている。

鳥追い女なら菅の笠で顔を隠すことができるし、いかにも玄人という風に装えばわからないだろうと思ったのだ。

もしも運よく屋敷に招き入れられたらよし。招き入れられなくてもあたりを見て回れば何かわかるかもしれない。

あのお座敷の日、菱沼《ひしぬま》廻船の主人は、娘が綾音《あやね》太夫に興味を持っていると言っていたので、綾音太夫として菱沼廻船を訪問することも考えた。

だが、通行手形の発行には時間がかかる。ぐずぐずしていると犠牲者が増える。

菱沼廻船は大きな商家だった。活気があり、たくさんの人足が行き交っている。なるほど儲《もう》かっているようだ。

綾は菱沼廻船の門前で足を止め、三味線を掻《か》き鳴らした。

「七本目《しちほん》には姫小松。八本目には浜の松。九つ小松を植え並べ、十で豊久能《とよくの》の伊勢《いせ》の松。この松は芙蓉《ふよう》の松にて情け有馬《ありま》の松が枝《え》に、口説けば靡《なび》く相生《あいおい》の松。ハァー、めでたやなぁーっ」

門が開き、中から手代らしい若い者がでてきた。

綾は緊張した。うるさいと追い払われるか、中に入って一曲披露してくれと言われるかどちらだろう。

「もうし、鳥追い女さん」

手代はおだやかな笑みを浮かべている。いかにも目端が利きそうな、腰の低い手代だった。

廻船問屋は輸送業である。仕事柄、荒くれ男が多いものなのに、この手代は雰囲気がはんなりとして柔らかい。小間物屋の見世先に置いて女子《おなご》の接客をさせたいほどに目鼻立ちが整っている。

「屋敷の中で一曲お願いできませんか？」

「ありがとうございます」

「こちらです。どうぞ」

手代の案内で屋敷に入る。

広い屋敷で、真ん中に土足のままで進める通路がまっすぐに通り、すぐ左手に帳場がある。

帳場に菱沼が座っていた。

「旦那様《だんな》ですか。鳥追い女でございます。お招き頂いて、ありがとうございます」

菅の笠を外し、小脇に抱えて帳場の菱沼に頭を下げると、菱沼が立ちあがった。

引手茶屋のお座敷では野暮ったく見えたが、帳場の彼は堂々として見える。頬のえくぼは隠しようがないのだが、綾が本気で変装したら気付く人はいない。

菱沼は、目の前の鳥追い女が綾音太夫だとは気付かない様子だ。

綾はそれとなく周囲に視線を寄越《よこ》す。

ざっとみた感じ、おかしなところはない。活気のある大店《おおだな》だ。廻船問屋にふさわしく、豪壮な屋敷だった。

「おお。鳥追い女さん。ちょうどいいところに来てくれた。娘を慰めてやってくれないか?」

「は? 娘さんですか?」

綾音太夫が好きだという、菱沼廻船の娘だろうか。慰めるというのはどういう意味だろう。

「気鬱《きうつ》の病で臥《ふ》せっているんだ。ある難しい家に嫁がせたんだが、家人とうまくいかなくて、宿下がりしているんだよ。元気を出してもらいたくてね」

ある難しい家。

家格がより高いところだろう。商家ではなく、武家か寺社だと予想する。

これだけの大店なら、旗本に嫁入りしてもおかしくない。玉の輿《こし》に乗ったのかもしれない。

「それは心配ですね」

玉の輿は、必ずしも幸せを意味しない。

家格の違う家に嫁ぐことは、苦労と同義語でもあった。

「令二《れいじ》。私が案内するよ。すまないが、帳場に座って、台帳の続きを書いてくれないか」

菱沼は、帳場を下りて草履に足を入れた。

「はい。塩船の手配もしてしまったほうがいいですね。銀目手形の決済もそろそろです」

「ああ、そうだったな。よろしく頼む」

綾は首を傾げた。

商人にとって帳場は神聖な場で、台帳を触れるのは番頭以上。若い手代は手を触れることもできないはずだ。少なくとも、綾のおぼろげな記憶ではそうだった。

「若いんだが、利発な男で、番頭をまかせているんだよ……令二、お願いするよ」

「はい。旦那様」

令二と呼ばれた番頭はおじぎをして座敷にあがり、帳場に座る。

菱沼は、通路を通って屋敷を出た。

そして中庭の飛び石伝いに離れへと案内する。

離れは、小さいが瀟洒《しょうしゃ》な屋敷だった。

「ここなんだ。……千代《ちよ》。開けてもいいか？　鳥追い女を呼んできたぞ」

「はい」

離れの中から細い声が聞こえた。

菱沼は扉を開けた。

母屋の質実剛健さと違って、繊細な部屋で、若い娘の部屋らしく華やいだ雰囲気がある。

横座りになって窓枠にもたれ、ぼんやりと空を見ていた娘が振り向いた。憂いのある美人だった。

引きこもっているというのに、うっすらと化粧《けわい》をして紅を差している。人妻と聞いたが、娘のような初々しさがある。

髪を島田髷《しまだまげ》に結い、綸子《りんず》の小袖《こそで》を着ている。横座りになった着物の裾《すそ》から覗《のぞ》く足袋が白い。小袖の御所屋敷の文様がとりわけ鮮やかで、部屋着にするには惜しい高価な着物だ。旗本のご新造さん。それも石高の多い、裕福な家の若妻だろう。

「お嬢様、呼んで頂いてありがとうございます。あがらせて頂いてもいいでしょうか」

聞いたのは、座敷にはあがらず、あがり框《かまち》で小唄《こうた》を披露する場合が多いからだ。

「どうぞ。あがって」

綾は日和下駄《げた》を脱ぎ、足袋のほこりを払ってから座敷にあがる。

「どうだ？　千代。綺麗《きれい》な鳥追い女さんだろう？　これならきっと参考になるよ。鳥追いさん。娘の話し相手になっておくれ」

「はい」

綾はとまどった。

三味線と歌でお嬢様の憂鬱を吹き飛ばしてくれ、という意味だと思っていたのだが、話し相手とはどういう意味だろう。綺麗な鳥追いだから参考になる、というのもわからない。

「では、私は失礼するよ」

扉が閉まり、美人だが憂鬱そうな美女と二人きりにされた綾は、にっこりと笑いかけ、三味線を抱え直した。

「何か弾いてしんぜましょう。お好みはおありでしょうか」

「そうね。都々逸《どどいつ》をお願い」

「三千世界の烏を殺し、主と朝寝がしてみたい」

綾が三味線をかき鳴らしながら都々逸を歌うと、千代がはらはらと涙をこぼした。

「私も烏を殺したいわ」

若妻。難しい家。家人と合わない。殺したい。気鬱の病。

「意地悪をなさるお姑《しゅうとめ》さんがいらっしゃるのですか？」

千代は首を横に振った。

姑ではないとすると、小姑《こじゅうとめ》だろうか。

「いい歌ね。もう一度お願い」

綾は同じ都々逸を、もう一度繰り返した。

千代は涙を流すばかり。

袖で涙を拭《ぬぐ》う姿までも絵になっていて、若妻らしい色気が感じられる。

とはいうものの、目は充血して赤くなり、顔がはればったくなっていて、全体に生気がない。気鬱の病ということだが、かなり思い詰めているようだ。

絶望のあまり、自害してしまいそうな、そんな不安定さを感じてしまう。

綾は、三味線を膝《ひざ》の上に置き、千代が泣き止むまで待った。

「あのう、お嬢様、私でよければ、話し相手になりますよ。私は鳥追いです。身分低き女でございますから、お嬢様の悩みが外部に漏れることはございません。話すと気持ちがらくになりますよ」

「あなたは綺麗だから、さぞかし男性にもてるのでしょうね」

「それが私のお役目でございますから」

「私に教えて。あなたはどんな紅を使っているの？　白粉《おしろい》は？」

「安物でございますよ」

綾はごまかした。綾が使っている化粧品を正直に言うわけにはいかない。小町紅は高価で、庶民には手が出ない。

「そうなの？　どうすればあなたのように綺麗になれるの？　私は醜い。綺麗になりたい」

「お嬢様はお綺麗でいらっしゃいます。そんなに思い詰めないでくださいませ」

世辞ではない。千代は美しい女だった。

吉原《よしわら》の遊女は、陽気で元気のいい女のほうが客がつきやすく、出世しやすい。

だが、千代は素人衆だ。千代の儚《はかな》げな美しさは、男の保護欲を誘うだろう。

千代は、首を振った。

を思い出す。

「失礼を承知で申しあげますが、ご主人が浮気をなさったのですか？」

千代は、またもはらはらと涙をこぼした。肯定だった。

「ああ、私にも、綾音太夫のような容色と色気があればいいのに……っ！」

ふいに自分の名前が出てどきっとしたが、納得する。菱沼が、茶屋遊びをしたさい、綾音太夫の使っている化粧品を聞いたり、男の気を引く方法に興味を示していたことを思い出す。

初会だけで裏を返さなかったのは、綾音太夫と同衾《どうきん》することが目的ではなく、綾音太夫の色気のでどころを知りたかったからだろう。

「お嬢様のご主人、吉原の遊女に入れあげているのですか？」

千代の良人《おっと》が綾の客だったりしたら面倒なことになる。

「吉原に行ったりはなさらないけど……。殿は、私には見向きもなさらないの」

殿か。やはり武家に嫁入ったのだ。御家人の数馬も、用人から殿と呼ばれている。

――素人衆も大変だねぇ。

吉原の花魁《おいらん》や鳥追い女、辰巳《たつみ》芸者など、色を売る女を玄人、町娘や商家の娘、士族のご新造さんや娘などを素人衆というが、男の悩みは素人も玄人も同じだ。

千代が気の毒だった。妾《めかけ》が屋敷の内外にいて、殿は正妻の千代には手も触れない。

そして、妾にいじめられているなんて、気鬱の病になって当然だ。

「つかぬことをお聞きしますが、お殿様は、お嬢様の実家の金目当てだったのですか？」

家格だけ高い貧しい武家が、実家の資産目的で商家の娘と結婚したのではないかと思ったのだが、千代は首を振った。

「金目当てではないわ。……私が悪いの。私に魅力がないから……。おまえは反応しない……感じないからつまらないって……。どうすれば私は、殿のお心をつなぎ止めることができるのかしら」

「簡単でございますよ。お嬢様の魅力で、お殿様を夢中にさせればいいのです」

「どうやって？」

「こうやってです。……失礼」

綾は、千代ににじり寄ると、そっと抱き寄せ、耳にフッと息を掛けた。

「あっ」

「お嬢様に触れるご無礼を、どうかお許しくださいませ」

綾は、耳たぶを甘く噛《か》み、うなじを舐《な》めて、千代に嬌声《きょうせい》をあげさせた。

「……んっ……な、何を……？」

綾は背筋を指先で撫《な》でさすり、身八つ口から手をいれて、脇乳をくすぐった。

「黙って」

「んっ……」

「お嬢様は、感度が良くていらっしゃいます」

「そんな、そんなことは……私は感度が悪い……人形のようだと……殿に言われているのに……」

「お床入りのさい、緊張されているからではないでしょうか」

「そ、そうかも……あぁっ……」

綾は生娘だが、床あしらいの技術は遣《や》り手婆《てばば》から仕込まれている。吉原二百年の歴史が磨きあげた、男性を喜ばせるための房中術である。

房中術は、吉原の遊女にとってもっとも大事なものだから、微に入り細を穿《うが》つようにして教えこまれた。

素人衆の若妻を、感じさせることなど造作もない。

「私は春をひさぐのがお役目です。お嬢様さえよろしければ、房中術をお教えします。床あしらいの技術を覚えたら、お殿様はお嬢様の魅力にめろめろになりますよ」

綾は、お嬢様の耳元で囁《ささや》いた。

「教えて……私に……。殿様に愛されたいの……」

「お嬢様。私をお殿様だと思ってください。感じてください。お嬢様がいい気持ちになられることが、殿方を喜ばせる方法です」

丹田に力を入れて膣《ちつ》を締め、精を絞り取る技法は、一朝一夕にはできない。

禿《かむろ》から新造に変わったときから訓練をはじめ、数年にわたる修業が必要だ。

厠《かわや》で排尿するとき、丹田に力を入れてほんの一瞬尿を止めることを繰り返して、下腹の筋肉を鍛え、名器を作りあげていくのである。

だが、自分が女として魅力的ではないと絶望している娘に自信をつけさせることはできる。

千代を感じさせてやればいい。それは綾にはたやすい作業だった。

「お嬢様、身体をこわばらせないでくださいませ」

「でも、でも、緊張してしまうのよ」

「握り拳《こぶし》を作って、グッと握りしめて、ゆっくり二十数えてから力を抜いてください。こわばりがほどけます」

「ほ、ほんとね。知らなかったわ」

これは房中術のひとつ。身体のこわばりは、握り拳に思い切り力を入れてから力を抜くと、やわらかくほどける。緊張のあまりの弛緩《しかん》を狙うやり方だ。

「春をひさぐ女に伝わるワザでございます。何度もすると疲れてしまいますから、お床入りする寸前、一回だけするのがよろしいかと存じます」

綾は、お嬢様の着物の衿《えり》に手を入れて、胸のふくらみをやわやわと揉《も》んだ。先端のとがりを指でつまむと、千代があぁと声をあげてのけぞった。

「だめ……、そんなところ、さわらないで……」

「ここは殿方も感じるところです。こんなふうにして舐めてさしあげればいいですよ」

綾はお嬢様の衿を開いて胸のふくらみをむき出しにして、つんと尖《とが》った小さな乳首をれろっと舐めた。

「あっ……あぁっ……あっ……」

千代は、目尻《めじり》を赤く染めて、熱い吐息をついている。

「お嬢様は魅力的です。自信を持って」

綾は千代を押し倒し、覆い被《かぶ》さった。

汗にまみれた白い肌が重なりあう。お嬢様の胸乳が綾の指でいびつに形を変える。

「ふっくらして、綺麗なおっぱいです。お嬢様のお身体は最高です」

「あぁ、……そんな……私は、抱いても魅力がないと、殿が……」

「お殿様を振り向かせましょう」

「振り向かせたいわ。殿を私だけのものにしたい……」

お嬢様の帯はすべて解けてしまっているが、綾は帯を解いていない。胸から腹に掛けての傷跡を見られたくなかったからだ。

「もっと脚を開いて。そう……そうです。……ふふ、お嬢様の観音様、かわいい形ですね」

「ああ、そんな……見ないで……」

「いいですね。その恥ずかしがりよう。殿方は喜ぶでしょう」

「だ、だめっ……さ、さわらないで……恥ずかしい」

「感じていますね。とろとろと出ていますよ。もっと乱れてください、お嬢様」

綾はあくまで冷静に、お嬢様から官能を引き出していく。

細い指先で花びらをめくり返し、繊細な粘膜に刺激を与える。

「そんな……はしたない……」

「いいえ。それが殿方を喜ばせるのです」

綾は、お嬢様の花芯《かしん》に吸いついた。

「あっ……あぁーっ……あっ。だ、だめぇぇえっ」

猫が水を呑《の》むような水音がして、お嬢様の白い肌がうねくる。二人の身体がからみあい、帯と腰紐《こしひも》がとぐろを巻く。

千代が我を忘れて身体をのたくらせた。

——そろそろ聞いてもいいだろうね。

「お嬢様、東大寺《とうだいじ》について教えてください」

綾の指先は、右手で秘芽を軽くつまみ、左手の指を芯の中に入れてクニクニと動かしながら、女がもっとも感じるところを刺激している。

「知らないわ……それよりもっと……ああっ……もっと」

「菱沼廻船《かいせん》には用心棒がいるのではないですか？　月代《さかやき》を伸ばした、目つきのするどい浪人です」

「知らない」

「ほんとうにご存じないのですか？」

「知らないっ、……あぁっ、もっと……！」

綾はお嬢様の花芯を指先でつまんで嬌声をあげさせながら、ため息をついた。

こんな状況で嘘がつけるなんて思えない。千代はほんとうに何も知らないのだろう。

だが、それは、菱沼廻船が潔白だという証明にはならない。千代の知らないところで、菱沼廻船が浪人を用心棒に雇い、悪巧みをしているのかもしれない。

綾は、お嬢様を満足させることに集中した。千代に気に入られれば、そのあとのお調べがしやすくなる。まずは千代に気をやらせ、満足させることが大事だった。

ひそやかな音と気配は、小半刻《こはんとき》（一時間弱）ほども続いた。

二

綾は衿をつくろい、帯を結び直した。後ろ手を伸ばし、吉丁簪《かんざし》を挿し直す。

お嬢様は、赤い顔をして放心しているが、綾はもういつも通りの姿になっている。

櫛《くし》巻きにした髪の毛ひとすじ乱れていない。

千代は、横座りになって両手をつき、みだれた着物を白い肌にまつわらせ、陶酔がさめやらぬとばかりに目を泳がせている。

その様子には、放恣《ほうし》な淫《みだ》らさと色っぽさがあった。

綾は、お嬢様に向かっておじぎをする。

「お嬢様。失礼します」

菅笠《すげがさ》を小脇に抱え、日和下駄《げた》に足を入れて退室しようとしたとき、お嬢様が呼び止めた。

「待って。お礼をしたいの」

千代は着物の前で手を隠して歩み寄ってきた。祝儀だろうか。

お嬢様がよろめいた。

「大丈夫ですか」

支えようとして手を伸ばしたとき、腹部にズンッと衝撃が来て、チリッと熱くなった。

帯の上、左脇腹に、懐剣が突き刺さっている。千代は、懐剣を引き抜いた。

「これがお礼よ」

「お嬢様、な、なぜ……？」

綾は菅笠を取り落とした。そして、帯の上に懐剣の形に開いた穴と、先端が血に染まった懐剣を握る千代を見比べた。

なぜ、お嬢様に刺されなくてはならないのだ？　わけがわからない。

「許さない……」

千代は怨嗟《えんさ》の籠《こ》もった口調で言った。なのに顔は、笑顔の形に歪んでいる。夜叉《やしゃ》の笑みだった。

「な、何を、許せないというのです？」

「私のみっともないところを見たからよ！」

怪我は深くない。帯に遮られて、懐剣の切っ先はお腹の表面をわずかに傷つけたにすぎず、腸《はらわた》は無事だ。

緊張しているせいもあり、傷の痛みはそれほどでもなかったが、美しい顔を怒りと憎しみに歪める千代の、夜叉の表情が恐ろしい。

「それは……」

「私はお部屋様よ。殿は私を無視してらっしゃるけど、みんなは私をバカにしていじめるけど、私はお部屋様なのよ！　どうして将軍様は私に手をつけてくださったの!?　いっそ見初められなかったら、こんな苦しい思いをしなくてすんだのにっ！」

お部屋様とは、将軍の側室のことだ。お方様ともいう。

ある難しい家は大奥。殿は将軍。

数馬が菱沼廻船には手を出さないほうがいいと言ったのは、そういう意味だったのだ。

娘が大奥に入っていたなんて知らなかった。

東大寺に塗ってあった何か。あれは毒ではないのか。

これは将軍暗殺だったのか。

これは単純な辻《つじ》斬りではなかった。江戸《えど》城大奥や将軍までも巻きこんだ一大事だ。思いがけない大きなヤマになってしまい、冷や汗を掻《か》く。一介の隠密《おんみつ》同心の手に余る。

「あんたたちなんか知らない！　私の着物を切り裂いたり、簪を折ったり、納戸に鍵《かぎ》を掛けて閉じこめたり、帯に針を仕込んだり、ひどいことばかりしてっ!!　お菜にセンナを振りかけて、私が苦しむのをおもしろがっていたんでしょ？」

センナとは下剤効果のある漢方薬である。

千代は、懐剣を振りあげると、綾に向かって振り下ろした。

「殿を騙《だま》して、私の悪口を吹きこんで!!　殿がお好きなのは私なのにっ！　あんたたちのせいで私は殿に愛されなくなったんだっ！　おまえが死ねっ！」

ひゅっ、ひゅっと空気が鳴る音を立てながら、懐剣を前後左右に振り回す。

千代は激昂《げきこう》していた。彼女の目には綾は、大奥の同輩たちに見えるらしい。

「失礼っ」

綾は、千代の手をつかみ、逆手にねじりあげた。

千代は気鬱《きうつ》の病でよろよろだったし、剣の練習をしているわけではない女の細腕だ。剣を取りあげることなど造作もない。

懐剣がぽろりと落ちる。

「無礼者っ、春をひさぐ下賤《げせん》な鳥追い女が私に触れるなっ！　私はお部屋様であるぞっ！」

千代は叫んだ。

「お嬢様のお好きな綾音太夫も、春をひさいでおりますのに」

「好きなわけではないわっ！　けがらわしい‼　殿は色っぽいおなごがお好きでいらっしゃるから、手本にしようと思うただけだっ。私はそなたたちとは、人の値打ちが違うのだぞっ！　そなたも綾音太夫も虫けらと同じだ‼」

胸の奥がシンと冷える。

けがらわしい。虫けらと同じ。値打ちが違う。

そうだ。それが世間の評価。

花魁《おいらん》と呼ばれ、男衆《おとこし》や禿《かむろ》たちにかしずかれ、お姫様のようにふるまっていても、若い娘に憧憬《しょうけい》の視線で見つめられても、遊女はしょせん春をひさぐ女に過ぎない。

綾は考えることができなくなっていた。それはほんの一瞬にしか過ぎないが、その間隙《かんげき》を突かれた。

「寺田《てらだ》！　お父様っ‼　来てっ！　誰かっ。この女を殺してっ」

誰かが背後に立った。気配を感じたときには、首に手刀が見舞われていた。

とっさに肩をすくめて威力を消したが、息が止まるほどの衝撃に襲われて、目の前が暗くなった。手首が背中にねじられた。

丹田に力を入れ、深くゆっくりとした呼吸法で苦痛を抜く。

その様子は、男に手刀を入れられてぐったりしているように見えるはずだ。

「この女、あのときのくノ一だな。鳥追い女に変装して、屋敷に入りこんで、何を探っているんだ？　おまえ、公儀お庭番か」

男は、背中に回した両手をギリギリとねじりあげながら聞く。

あの浪人だ。

緋色《ひいろ》小袖《こそで》娘三人殺しの下手人。

そして、吉原の散茶だった峰《みね》を殺し、峰の兄の太助《たすけ》をも殺した。

寺田は、綾をくノ一だと思いこんでいる。

太平の世でくノ一が活躍する場は、お庭番ぐらいしかない。綾を公儀お庭番だと思いこんでもおかしくない。

「答えろ！　ええ？　おまえは公儀お庭番かっ」

答えずにいると、浪人は落ちていた腰紐《こしひも》を使い、綾の手首を背中で拘束し、紐の端を持って無理矢理に綾を立たせた。

菱沼と目が合った。

菱沼は、娘が心配で、離れの外で待っていたのだろう。

「公儀お庭番……終わりだ……」

菱沼が絶句した。

「寺田、そなた、お庭番が嗅《か》ぎ回っているなど、言わなかったではないか⁉」

「腕が立ちそうだったからですよ。儂《わし》は、強いやつとやりたいんだ」

あわてているのは菱沼だけではなかった。千代も顔を真っ青にしておろおろしている。

「お庭番なんて……殿に知られてしまう……。殺してっ！　小名木川に放り投げてっ、魚のエサにしてやってっ‼」

千代は錯乱して叫んでいる。

乱れた着物に血走った目、崩れた髷《まげ》のせいで、凄惨《せいさん》なありさまだ。

「終わりだ。菱沼廻船は終わりだ……」

菱沼は頭を抱えた。

「まだ終わりじゃありませんぜ。この女が何を探っていたか知らないが、ここで捕まえたのは幸運だった。こいつを殺してしまえば、この女が嗅ぎ回って仕入れた情報は公儀にはばれない」

菱沼が言った。

「わかった。その女を殺せ。ただし、儂の見えないところでやってくれっ！」

「殺してしまうと、香木の回収はできませんぜ？　痛めつけて、香木のありかを言わせてから殺すほうがいいですぜ。菱沼の旦那《だんな》？」

寺田は、ねっとりした手つきで、綾の胸のふくらみを胸に押しつけるようにして揉《も》んでいく。

「小股《こまた》の切れあがったいい女だ」

気持ち悪さに鳥肌が立ったが我慢して、もうろうとしているふりを続ける。

下手人をお縄にするためには、もう少し情報を探りたい。

「こ、香木など、も、もう、ど、どうでも、いいわっ！　例の香木がどうしてだか小間物屋に売られてしまったのは痛かったが、匂いの違いを嗅ぎ分けられる人間などいぬわっ。香木を買ったという娘もわからぬだろうよ。香を嗅いだやつらがおかしくなっても、香木のせいだなんて気付くまい！」

やはりそうだ。あの浪人は、何かを表面に塗った香木の回収をはかろうとして、香の匂いがする娘を襲っていたのだ。

何を塗ったのだろう？　やはり毒だろうか。だが、毒を塗った香木をいぶして、効果はあるのだろうか？　香で人を殺《あや》めるなんて無理ではないのか。

千代が大奥の同輩たちにセンナを食べさせられたように、食べ物に毒を盛るほうが、確実に殺せるはずだ。

――あっ！

やっとわかった。菱沼が峰に入れあげていた理由。

峰を使って、毒を塗った香木の効果を確かめていたのだ。

散茶は局見世《つぼねみせ》だから、割床で客を取る大店《おおだな》と違って、一部屋ごとに独立している。

秘密を守りやすい見世構えだ。

そして吉原は、散茶の局見世からお香の匂いが漂っても、何の不思議もないところだ。

藤《ふじ》は、峰は憂鬱そうにしていたと言っていた。

憂鬱そうにしているのも道理。毒をいぶす実験台にされていたのだから、毒が回って苦しんでいたのだろう。

――ひどいことを！

遊女を虫けらだと思っているから、できることだ。

峰は、年季明けを幸い、香木を持ち逃げした。

菱沼の用心棒である寺田という浪人が、回収をはかろうとしたが、峰は海に落ちてしまい、回収はかなわなかった。

香木を失った菱沼は、別の毒塗り香木を用意する。だが、それが、どうしてだか小間物屋に売られてしまう。

焦った菱沼は、食客であり用心棒である寺田に回収を命じる。

寺田は、香の匂いを漂わせる娘を問い詰め、危険な目に遭わせるという暴挙に出る。

緋色小袖娘三人殺しは瓦版《かわらばん》を賑《にぎ》わして、江戸中に知れ渡ることになってしまった。

太助を襲ったのも同じ理由だ。

ここまで聞いたら充分だ。綾のすることはあとひとつ。生きて戻っていま聞いた内容を報告すること。

それが隠密《おんみつ》同心のお役目だ。

「だったら、簀巻《すま》きにして小名木川に沈めましょう。公儀お庭番と剣をまじえたかったが、菱沼の旦那の依頼なら仕方がない……そら、歩け」

背中に堅いものが押しつけられた。懐剣だった。チクッと背中を刺されながら、よろよろした足取りで離れを出る。

玄関の扉を開けた瞬間、春の陽ざしが綾と浪人と菱沼を包んだ。

暗いところから明るいところに出たせいで、視界が効かなくなった。それは背後の浪人も同じらしく、緊張が緩んだのが気配でわかった。

綾は、手首の関節を抜いて紐から手を引き抜くと、すぐさま手首を填《は》め、地面を蹴《け》って走り出した。

「逃がすかっ！」

ギチギチッという鞘《さや》鳴りの音がして、ほとんど同時に空気を切り裂く音がヒュッと鳴った。

綾は、水に飛びこむようにして地面に転がると、前受け身を取った。

子供が遊ぶでんぐり返りと同じだが、敵に背後を見せて起きあがるのではなく、正面を向いて立ちあがるのが格闘術だ。

一の太刀が綾の頭上で一閃《いっせん》する。

破壊力の大きい一の太刀は避《よ》けられた。だが、すぐに留《とど》めの太刀が飛ぶ！

綾は男のほうを向いて立ちあがりながら、髷から吉丁簪《かんざし》を引き抜きひとふりした。

二足の簪に見えたそれはすぐさま本来の形を取り戻し、一角流マホロシとなる。

隠密同心を拝命するさい、遠山《とおやま》奉行から賜った小型十手だ。マホロシはまぼろしがなまった言葉だと金《きん》さんから聞いた。

ガキッと音がして、十手の曲がった部分が男の刀を受け止めた。

「くっ」

重い！

つばぜり合いだけで、飛ばされてしまいそうだ。

綾は、斜めにフッと力を抜いた。寺田がよろめいた。

綾はその隙を見計らい、人差し指と親指を輪にした爪のところを唇に当て、呼子笛を吹いた。

長閑《のどか》な春の空気を切り裂き、甲高い音がピーッと鳴る。

与力・同心、あるいは岡っ引きか下っ引きが聞きつけてくれたら、助けが来るはずだ。

だが、それは、可能性の低い賭《か》けだった。

数馬《かずま》には菱沼廻船に行くと言ったが、数馬は「知らぬ」と言った。綾も、「お好きにどうぞ」と答えた。

怒っていたとはいえ、数馬は綾の補助役だから、無理にでも来てもらうべきだった。

数馬でなくてもいい。誰か。腕が立つ誰か。助太刀に入って欲しい。

この浪人は、綾の手には余る。

腹の傷は浅手だったが、じくじくと血が噴き出している。痛みを感じないのは緊張しているせいだ。

「十手？　おまえ、同心か……？」

「いかさま（いかにも）。あちきは隠密同心でありいす」

「隠密同心……っ‼」

寺田が剣を鞘に納めながら言った。

寺田の背後で、離れの扉が開き、着物をきちんと纏《まと》った千代が出てきた。

「そ、その話し言葉、ありんす言葉……っ。もしやおまえは、よ、吉原の……っ⁉」

菱沼が絶句している。

「裏を返してくれぬ主《ぬし》さまは、薄情《しよにん》なことでありいすな。あちきは主さまを待って待って待ち焦がれておりりんしたのに」

「あ、綾音太夫？」

「公儀隠密、花魁《おいらん》同心綾音太夫とは、あちきのことでありいすよ」

綾が名乗りをあげたのは、時間稼ぎをしたかったのと、綾音太夫を虫けらと言ってのけた千代に聞かせてやりたくなってしまったからだ。

何が虫けらだ。

将軍の寵愛《ちょうあい》を競って、三千人の美姫《びき》たちが醜い争いを繰り広げる大奥のお方様と、三千人の遊女が男の訪れを待つ吉原では、いったいどこが違うのだ。

同じではないのか。

綾は、三千人の中から努力と才覚で、お職（筆頭）を張る花魁になった。さらに、楼主の清兵衛《せいべえ》から亡八術を習い、遠山奉行から一角流十手術と剣術を学んだ。

綾は努力の末にここに立っている。

綾を虫けらと言ってのけた千代に、綾の努力を見せつけてやりたくなったのだ。

「女の隠密同心なんておもしろい。隠密同心と剣を交えるのははじめてだ。さぞや腕は立つのであろうな？」

寺田は、腰の脇差しを引き抜くと、綾に向かって鞘ごと放り投げた。

綾は左手で脇差しを受け取った。ぱしっと乾いた音がする。

剣を抜いて鞘を捨て、右手で青眼に構え、左手に一角流マホロシを持つ。

十手は、同心としての身分を示すのみならず、防御と攻撃を供えた武器だ。

しの字に曲がった部分で剣を受け、長く突き出た先端で突く。

切られたらその場で勝負が決まってしまう真剣の斬り合いにおいて、自分も相手も怪我をせず、相手を無力化することを主眼においた最強の楯《たて》と矛。

綾の足下に血が滴り落ちた。

さっき、懐剣で刺されたところからの出血だ。

呼吸法で苦痛を逃がしたが、動いたことで出血が激しくなったらしい。

「くっ」

綾はわざとうめいて見せた。

敵の油断を誘うためだ。

「条件を対等にしてやろう」

寺田某《なにがし》という浪人は、ゆっくり剣を抜くと青眼に構えた。

抜刀術で怖いのは、一の太刀と留めの太刀。

剣を抜いて構えてしまうと、抜刀術は怖くない。

だが、青眼に構えた様子は、水を打ったように平《たい》らかで、正統の剣術においても相当な使い手であることがわかる。

綾は手負い。しかも脇差し。相手の持つ太刀より一尺（約三十センチ）ほど短い。剣の長さは間合いの広さに通じる。

屋内のような狭苦しいところなら、刀身の短い脇差しが有利だが、ここは屋外の広いところ。

綾が不利であることに変わりなかった。

「いざ、尋常に勝負」

寺田が誘った。

綾が答える。

「公儀隠密、花魁同心、綾音太夫が成敗しんす！」

綾は、右手の剣の切っ先を揺らし、相手を誘った。

——綾。隠密同心のお役目で、いちばん大事なことは知っているか？

遠山奉行の旗本屋敷。今から二年ほど前のこと。

庭で剣術を教えてもらっていたとき、金さんが聞いた。

——お役目を果たすことですか？

そう聞いた綾に対して、金さんが言った。

——生きて帰って、情報を奉行所に届けることだよ。

——尋常に勝負、なんて言われても、誘いに乗っちゃいけねぇよ。

——綾は女だ。真っ向から勝負したりしちゃいけねぇ。つばぜり合いで吹っ飛ばされる。卑怯《ひきよう》でいいんだ。

——お縄にして取り調べをすることが目的だから、下手人は怪我をさせてもいいが致命傷は与えるな。

——自分が怪我をするのはもっと悪い。怪我しない方法を考えろ。

緊張の高まりが頂点に達したとき、千代が叫んだ。

「寺田っ、その女を殺してっ！」

「しっ。黙りなさい。千代。寺田にまかせなさい」

綾は八方目で周囲を見た。離れの入り口に千代と菱沼が立っている。視界の隅、裏口のあたりで人影が見えたが、気にする余裕はない。

寺田との間合いは充分すぎるほど広い。だったら……。

「ヤーッ」

寺田が気合いの声をあげながら、鞠《まり》が跳ねるかのように突進してきた。

綾は、地面に落とした鞘の柄《つか》のところにつま先を入れ、勢いよく蹴りあげた。

鞘はくるくると回りながら寺田に向かって飛んでいく。

寺田は鞘を剣ではじいた。その間隙《かんげき》を縫って、峰打ちで小手を打つ。道場での剣術と違い、綾は気合いの声はあげない。

ガツッ！　と激しい音がして、脇差しを握る右手に振動が来た。柄で留められたのだ。

後方へと飛び退く。脇腹から血がたらたらと滴り、地面を黒く染めた。

寺田は返す刀で袈裟《けさ》懸けに振り下ろしてきた。

綾は一角流マホロシで受け止める。

が、マホロシをはじかれた。

象眼を施した瀟洒《しょうしゃ》な十手が飛んでいく。

——まずい……っ。

寺田が握る太刀は、刃こぼれひとつしていない。

抜刀術のための剣はただの鉄の棒だ。切れ味は悪いが、強度の高さは普通の太刀の比ではない。

──だめだ。負ける。

脇腹の怪我、十手がない、脇差し。最悪だ。綾は冷や汗を掻《か》いていた。

次だ。勝負は一瞬で決まる。

お互いにじりじりと回りこみながら隙をうかがう。

右手で持っていた剣に左手を添えようとした、そのとき。

「綾殿っ！」

数馬の声がして、朱房の十手が綾に向かって飛んできた。

天の助けのようだった。

「ありがとう」

綾は左手で十手の柄を握ると、寺田が振り下ろしていた剣を十手で受け、ぐいっとひねった。

普通ならこれで剣が二つに折れるのだが、居合い抜きの剣はやはり丈夫だ。折れそうにない。

だが、てこの原理で、剣を取りあげることに成功した。男の手から剣が離れ、空中を飛んで地面に突き刺さった。

綾はすぐさま十手の先端で男の首を突きに行く。

十手の突きをかわそうとしてよろめいた男の手を逆手に握り、気合いとともに投げを打つ。

「ヤーッ!」

綾よりも頭ひとつ大きい寺田の身体が軽々と宙を舞い、ズンッと重苦しい音をして背中から地面に落ちる。

土埃《つちぼこり》がもうもうと立つ。

それは不思議な光景だった。

若い娘が大の男を投げ飛ばしたのである。手妻(手品)のような光景に、菱沼も、千代も、数馬も、あっけに取られている。

寺田という浪人は、背中から地面に落ちた衝撃で、うめき声をあげてもがいている。

「北町奉行所配下、与力中村《なかむら》数馬だ。大人しくお縄につけい」

数馬が懐から縄を出し、寺田に縄掛けした。

衝撃から立ち直ったのは、菱沼より千代のほうが早かった。

「死んでっ!」

千代が、地面に突き刺さっている太刀を引き抜き、振り回した。

綾は、十手の先端で千代の手の甲を叩《たた》く。

「きゃあっ！」

千代は、太刀を取り落とした。

「あなたが……綾音太夫が隠密《おんみつ》同心だったなんて……まさか、女の同心がいたなんて……」

綾は、数馬に十手を返した。

そして、一角流マホロシを拾いあげて折りたたむ。

バネ式のマホロシは、あっというまに二本足の吉丁簪《かんざし》に戻る。

綾は簪をしっかりと髷《まげ》に挿した。

「お嬢様。おなごには無限の可能性がありますのさ。自分のことを醜いとか、他の女を虫けらだとか思うことはやめましょうよ。自分を磨けば、女だって隠密同心になれるんですよ」

言わずもがなのことを言ってしまったのは、虫けら扱いされた不愉快が残っていたからだろうか。

「くっ」

千代は、綾を憎しみの籠《こ》もった瞳《ひとみ》で見上げている。

――ああ、これじゃあ、将軍様もお手をつけたことを後悔するだろうねぇ……。

——今の将軍様は、芽生姜《めしょうが》の初物が食べられないと嘆くほどの、おだやかな方らしいのに……。

吉原の遊女にもこういう女はたまにいる。

嫉妬《しっと》に乱れ、周囲に呪詛《じゅそ》をまき散らす。つかみ合いのケンカになるのはまだましで、陰湿な意地悪をしてのけるのが千代のような女たちだ。

彼女らは、いくら美しかろうと自滅していく。

嫉妬は自然な感情だし、あって当然のものだが、嫉妬の感情を動力源にして、自分を磨くことに使うべきだ。

誰々に負けた、悔しい、私は悪くない、悪いのはあいつだ。殺してやると考えるのではなく、あの女に勝つためにはどうしたらいいか、私に足りないものは何か、誰々の魅力は何かと考えて、足りないものを手に入れるように努力して前に進む。

綾はそうしてきたし、文字通り血の滲《にじ》む努力をして花魁《おいらん》同心になったのだ。

「逃げるぞ。千代」

「ええ、お父様っ」

菱沼親子が逃げだそうとしたまさにそのとき、呼子笛が甲高く響き、足音も高く捕手方が押し寄せてきた。

「御用だっ！」

十人ほどの捕手方は、全員が半纏《はんてん》に股引穿《ももひきば》き、手に六尺棒を持ち、頭にはちまきをし、御用提灯《ごようぢょうちん》を高く掲げている。

「御用だ！　北町奉行であるぞっ」

捕手方が口々に叫びながら、鍛えられた足運びで菱沼親子を取り囲んだ。

それでも逃げようとした千代は、捕手方の六尺棒に打ち据えられてうめいている。

「無礼者っ。首を切ってやるっ。私はお千代の方であるぞっ！」

千代は正気を失って叫んでいるが、捕手方は取り合おうとしない。

今は昼間だから、御用提灯には火が入っていない。

なのに、提灯を持ってくるのは、これが北町奉行の正式な捕り物であることを示すもの。

先端に房のついた指揮棒を持ち、頭に兜《かぶと》を被《かぶ》り、胴をつけた袴姿《はかますがた》でやってきたのは……。

「金さん……」

遠山奉行だった。

旗本の若殿のくせに、吉原に逗留《とうりゅう》して女遊びをしていた遊び人の金さん。

気さくで陽気でやんちゃ坊主のようだった。

金さんは綾が禿《かむろ》時代から吉原に出入りしていた。引きこみ禿として教養を仕込まれていた綾は、金さんの遊び人ぶりが心配で、自分より二十歳以上も年上の金さんを、「いい年したおじさんが、ふらふらしてるんじゃねえよ。親が泣くよっ！　あんた旗本の殿様なんだろ！　もっとしっかりしなっ」と叱りつけて、「よ、姐《ねえ》さん。しっかりしているねぇ。五歳の子供なんて思えねぇ」と金さんに笑われたものだ。

今はもう壮年で、北町奉行という偉い人にもかかわらず、あの頃の面影は色濃く残っている。

遠山奉行は、紫房の十手を菱沼に向けて叫んだ。

「菱沼海江門《かいえもん》、その娘菱沼千代、いやさお千代の方、菱沼の食客寺田寿太郎《じゅたろう》、以上三名、遊女峰殺し、緋色小袖《ひいろこそで》娘三人殺し、簪職人太助殺しの罪で検分する！　大人しくお縄につけいっ！」

捕手方が六尺棒で菱沼親子と寺田を押さえつけた。

「金さん……、ああ、久しぶりだねぇ。元気だったかい？」

綾は大きくよろめきながら、金さんに話しかけた。

隠密同心ではなく、禿のときの言葉遣いに戻っていた。

「よっ」

金さんは、右手の人差し指と中指を揃えてピッと立てると、自分の側頭部に当てて前後に振った。そして、綾に向かって片目をつぶった。

「綾ちゃん。久しぶりだな。俺は元気だよ。綾ちゃんは息災かい？」

「息災なわけないだろう？　見たらわかるだろうが……。遅いよ。金さん……」

安堵《あんど》のあまりだろう。スウッと意識が薄れていく。あるいは緊張の果ての弛緩《しかん》が眠気を誘ったのか。

周囲の景色が銀色に染まる。

綾はその場に崩れ落ちた。

「医者だっ。蘭学医を呼べっ！　誰か戸板をもってこいっ」

数馬と捕手方、それに金さんが騒ぐ声を遠くの潮騒《しおさい》のように聞いていたが、やがてまったく聞こえなくなった。

綾は失神していた。

三

一瞬、どこにいるのかわからなかった。

目覚めた綾は、見慣れない天井を見つめ考えこんだ。

綾の住む朝顔長屋でない。さりとて、吉原の大坂屋《おおさかや》の綾音太夫の部屋でもない。

ここはいったいどこだろう。

「おやおや、目が覚めたのかい？」

白い作務衣《さむえ》を着た女が、胸に盥《たらい》を抱えてやってきた。髪を櫛《くし》巻きに結いあげて、簪ひとつつけていない。三十になるかならないかの女だ。

「絹《きぬ》先生……？」

島田《しまだ》絹先生。二年前、綾が死に掛けたとき、治療してくれた蘭学医だ。ここは医者の屋敷だ。綾は治療を受けたらしい。

起きあがろうとすると、濡《ぬ》らした手ぬぐいが額から落ちた。

脇腹がひどく痛む。

「うっ」

「ああ、だめだよ。五針も縫ったんだ。熱が出てるんだよ。身体を起こすんじゃない。そのまま寝てな」

「私はどれぐらい寝ていたんですか?」

「丸一日ぐらいだよ。浅手だけど、かなり血が出たし、熱が下がるまでは養生しな。起きるのは厠《かわや》に行くときだけさね。……金さんっ、患者さん、目を覚ましたよっ」

引き戸が開き、金さんと数馬が入ってきた。金さんは、今はもう、気楽な袴姿になっていて、捕り物のときのようないかめしい胴と兜はつけていない。

「よお。元気かい」

金さんは、ピッと指を立てて言った。

数馬も入ってきた。数馬はすまなそうな顔をしていた。

二人は、綾の枕元に膝《ひざ》を揃えて座った。

「元気なわけないでしょう。お奉行。下手人の検分はどうなりました?」

「報告の前に、中村が綾に謝りたいそうだ」

「綾殿、すまぬっ!」

数馬は両手をついて頭を下げた。

「私の対応が後手に回り、綾殿を危険にさらしたこと、許してくれ!」

「どうなさったのですか？　お奉行に叱られたのですか？　お侍さんが下賤《げせん》な遊女などに手をつかないでくださいませ」

「あははっ。綾。そういじめないでやってくれ。中村は所詮《しょせん》女のすることよと侮っていたそうだが、今はもうお綾ちゃんを見直している。反省もしているから、許してやれ」

「ええ。わかります。中村様は私のことを名前で呼んでらっしゃいますから」

数馬はずっと綾のことを、そなたと呼んでいた。

綾殿、と名前を呼んだのは、十手を投げたあのときがはじめてだ。

「かたじけない……」

「私が命を拾えたのは、中村様がお奉行を呼んでくださったことと、十手を投げてくださったおかげです」

「それがしはお奉行を呼んでいない。綾殿のことが心配で、離れの周囲をうろうろしていたのだ」

だったら誰が奉行所に駆けこんだのだろう。綾の呼子笛を聞いた誰かだろうか。

「よく屋敷に入れましたね」

「令二という手代が入れてくれた」

絹先生が、パンパンと手を叩《たた》いて、数馬の話を遮った。

「はいはい、それ以上はだめだ。あんたたち、もう部屋を出て行っておくれな。傷に障るよ。金さんも、中村さんもだ」

背中を押すようにして二人を追い出してしまう。

「あんたはもう寝るんだね。ややこしいことは考えるんじゃない。患者は傷を治すことだけ考えていたらいいんだよ」

絹先生は、綾の額に載っている手ぬぐいを取り替えてくれた。

綾がこの事件の真相を知ったのは、枕をあげてからのことになる。

第六章　卯《う》の花腐《はなくた》し

一

吉原《よしわら》において、四月九日は卯の花飾りの紋日《もんび》である。

春は雨が多い。ちょうど花盛りを迎えた卯の花が腐るほどの長雨が降るため、卯の花腐しと呼ぶ。

吉原にとっては、客足が遠のき売りあげが下がる、頭の痛い時季だ。

そこで吉原中の店は、店先に卯の花の枝を吊《つる》す。春の長雨を追い払うためのおまじないだ。

卯の花は、雪花菜《おから》の名前の由来になったように、真っ白な小さな花が群れて咲く。

雪が降り積もってできたかのような卯の花が、雨に濡れながら店先で揺れている様子は、桜の花とはまた違う風情があって美しい。

天保《てんぽう》十三（一八四二）年の卯の花飾りは、快晴であった。

「よう晴れました」

「卯の花飾りに晴れるなど、珍しいこともあるものだ」

「ほんにほんに。今日は法要だから、吉原で亡くなった遊女たちが、晴れにしたので
ございますまいか」

吉原雀がかまびすしく（さわがしく）話しながら、仲《なか》の町《まち》大通りを歩いて行く。

今日は、吉原で亡くなった遊女たちの成仏を祈る法要だ。

二

半月ほど前のこと。
法要をしたいという綾音《あやね》の提案に、大坂屋《おおさかや》清兵衛《せいべえ》は答えた。
「そんなもの、吉原でするものじゃないよ」
予期していた答えだった。
「おとうさん。わかっています。吉原は夢の国、浮き世のうさを忘れるところ。死だ
の病だの、あってはいけない世界です」

本来、吉原で亡くなった遊女は、菰《こも》で巻かれ、三ノ輪《みわ》の浄閑寺《じようかんじ》の墓穴に放りこまれる。

法要は一切しない。

遊女たちの口の端に、「誰々さん亡くなったらしいよ」「あら、ついこないだまで元気だったのに」と話題に上る程度だ。それもすぐに忘れられる。

「法要を、客を呼べる催事にしてしまえばいいのです。卯の花飾りの紋日にどうでしょう」

「ふむ。卯の花飾りは客が少ない日だし、それはいいかもしれないね」

「はい。法要のあとは精進落としと決まってますから、妓楼《ぎろう》にとっては、花見より実入りのいい日になるかもしれません」

三月三日の紋日は、客足が多いわりには、妓楼の実入りの少ない日だ。お花見の時季は、素見《すけん》ぞめき（ひやかし）の娘客が多く、登楼する男はそれほど多くない。

だが、綾には、法要は花見よりも儲《もう》かるという算段があった。

葬儀のあと、精進落としという名目で、吉原に繰り出して遊女を揚げるのは、江戸《えど》っ子たちの楽しみなのである。

吉原のほど近くには、お寺や火葬場が点在していて、葬儀のあと、そのまま吉原に直行して、どんちゃん騒ぎをするのである。

「費用はどうするんだね？　それに、法要で客が呼べるのかい？　客は、吉原に抹香くさいものを期待してないよ」

「考えがあります」

三

仲の町表通りは、法要に向かう客たちでいっぱいだった。

法要だとわきまえているせいか、声高に騒いだりはしないが、そぞろ歩きながら、雑談に興じている。

「吉原で法要なんて珍しいねぇ」

「なんでも、綾音太夫が、法要をしたいと言い出したそうだよ」

「おおっ、あの、大坂屋の」

「法要の費用も、綾音太夫が出しているそうだ」

「なんときっぷのいいことじゃないかね」

「志を募るって、瓦版《かわらばん》には書いてあるよ」

「そうだね。お大尽みたいにたくさんはできないけど、募金箱に金子を入れることにしようかね」

「法要に出るのは、綾音太夫だけじゃないんだよ。呼び出し昼三《ちゅうさん》（最高位）の花魁《おいらん》全員が、花を手向けに出るそうだ」

「なんと豪勢ではないか！　八人全員かい？　花魁道中より華やかかもしれないね」

「法要なので、白い着物かもしれねぇが」

葬儀や法要では、白い喪服を着るのが、江戸っ子の習わしだ。

喪服が黒くなったのは、明治以降、西洋文明が入ってからである。今でも白い喪服を着る風習が残っている土地があるし、死者が着るのは白と決まっている。

「それはそれで粋《いき》だろうねぇ」

「花魁たちの、めったに見られない姿が見られるかもしれぬな」

見世先に満開の卯の花が揺れる様子は美しく、客たちは満足そうな顔をしている。

四

大見世を回り、お職を張っている花魁に逢《あ》い、法要に参加して欲しいと頼んで回ったのは、綾音太夫だった。

「卯の花飾りの紋日に法要を？　あちきが法要に花を手向けるのでありいすか？」

夕霧《ゆうぎり》太夫は渋い顔をした。

「姐《ねえ》さんの心意気、頭が下がる思いでありいすが、あちきは今日のおまんまと、着物のほうが大事でありいす」

綾は、夕霧の考え方が、手に取るようにわかる。

卯の花飾りは長雨の頃だ。雨の中法要に出るのはおっくうだ。着物も濡《ぬ》れるし、足下も悪い。亡くなった遊女を悼む気持ちはあるが、法要よりも自分の今が大事だ。

「姐さんが法要で花を手向けると、姐さん見たさの客が増えしんす」

綾音太夫は、夕霧の自尊心をくすぐる言い方をした。

「その通りでありしんすが……」

自分がどれほどに視線を集める存在か知り抜いている花魁は軽く流したが、まんざらでもなさそうな顔をした。

「濃紫《こむらさき》太夫と、雲英《きら》太夫は応じてくだしんした」

「雲英太夫が……」

夕霧は、眉根《まゆね》を寄せ、迷うそぶりをした。

夕霧と雲英は同じ頃に太夫になった。張り合う気持ちがあるはずだと踏んだのだ。

「でも、雨が……、打ち掛けが濡れしんす」

「道に緋毛氈《ひもうせん》を敷きんす。法要なので、外八文字はしません。その日が雨なら早朝に、表通りの上に屋根を作ってしんぜましょう」

吉原は、桜の季節だけ桜並木を作り、桜が散ると桜の木を引っこ抜いていくところだ。しかもそれを、明け方の二刻《ふたとき》（四時間）ほどでやってのける。その日だけ屋根を作ってしまうことなど造作もない。

外八文字をしなくていい、というのも、花魁には魅力的にうつるはずだ。あれはけっこう体力を使ううえに、足が痛くなるのである。

夕霧に、両手をついて頼んだ。

「あちきひとりでは無理でありいす。ぜひとも、姐さんのお力をお貸しくだしんす」

「姐さんの心意気、感服しんす。この夕霧、一肌脱いでしんぜましょう」

「ありがとうございます」

「ほんにのう。あちきも、遊女くたしは、何とかしたいと思っていんした」

他の紋日と違って、卯の花飾りは客がつきにくい日だ。

紋日に客がつかないと身揚りとなり、自分の揚代を自分で払うことになる。しかも、普通の日の倍だ。

卯の花くたしは遊女くたしと言われるほど、遊女にとっては苦しい一日なのである。

かくて、吉原中の呼び出し昼三花魁全員が法要に出席し、花を手向けることになった。

廓中《さとなか》で行われる法要は、吉原二百年の歴史はじまって以来の珍事である。

綾は、数馬《かずま》を通じて瓦版屋にあたりをつけ、記事にしてもらった。

五

法要を楽しみにしているのは、男たちだけではなかった。

法要見物にやってきた娘たちも、それぞれに供を連れ、笑いさざめきながら歩いている。

「瓦版には『花魁の衣装に期待するべし』とありますね」

「楽しみですね」

客が目指すのは仲の町表通りの突き当たり、水道尻《すいどうじり》である。

お歯黒どぶの塀際に祭壇が作られて、浄閑寺から借りてきた観音菩薩《ぼさつ》と護摩法要の用意があり、祭壇の周囲には緋毛氈が四角く敷かれている。

さらに大通りの中央に、木戸のはじまるところまで、緋毛氈がまっすぐに敷かれて道が作られている。

簡素だが、緋毛氈のおかげで吉原らしい華やぎのある祭壇だった。

緋毛氈の周囲を、たくさんの客と遊女たちが取り囲んでいる。

いつもは張見世の内と外に分かれている客と遊女が、交ざり合って立っている。

素人の娘客と、玄人の遊女たち、それにたくさんの男たちが一緒になって法要を待っている様子は、金子の多寡が全てを決め、身分の差はなく武士も遊女も等しく同じの、吉原らしい光景かもしれなかった。

「そろそろだと思うんだが……」

そのとき、浅草寺《せんそうじ》の鐘の音が聞こえた。はじめに三つ、次に九つ。ゆっくりした拍子から、早い拍子へと変わっていき、三回繰り返して静まる。

昼九ツ。午《うま》の刻（十二時）。

客たちが静まり返った。

「吉原卯《う》の花法要、はじまりでございまするー」

「はじまりでございまするー」

男衆《おとこし》がいっせいに唱和し、カンカンカーンと拍子木の音がした。

住職が、禿《かむろ》の先導でしずしずと歩いてきた。

禿は、綾音太夫つきのうさぎととんぼである。

「道師様ご入場でございますー。皆々様、頭を下げてお迎えくださぁい」

道師は、祭壇の前の座布団に座ると、お経を唱え、護摩木に火をつけた。

「かんじざいぼさつぎょうじんはんにゃはらみたじしょうけんごうんかいくうど」

道師は、般若心経《はんにゃしんぎょう》を一回だけ唱えて所作をすると、祭壇におじぎをした。

そして、とんぼとうさぎに先導されて元来た道を戻っていく。

それは、客があっけにとられるほど、短いお経だった。

「お経終わるの、えらく早くないか?」

「そりゃ、この法要の目的は別にあるもんな」

「三浦屋《みうらや》お職、呼び出し昼三花魁、濃紫太夫、花手向けを行います」

卯の花を持った花魁が、緋毛氈の道を、禿に先導されて歩いてきた。

外八文字は踏んでいないが、打ち掛けに前結びのだらりの帯、鼈甲《べっこう》の簪《かんざし》と笄《こうがい》を十本ほども挿した正装だ。

しかも、この日のためにあつらえたのか、帯も打ち掛けもひときわ豪華だ。

法要は白という常識を裏切る華やかさに、客のあいだにどよめきが走った。

快晴の四月（旧暦）、初夏の鮮やかな陽ざしの下を、赤い着物の禿を露払いに、天女のような花魁がいく。

花魁は白い小花が集まった卯の花を胸に抱えている。金糸銀糸の縫い取りをした帯の前、卯の花の可憐《かれん》な白が映えている。

絵のような光景だ。

「綺麗《きれい》だわ」

「来たかいがあったわ。さすが、吉原らしい法要ね」

花魁を見たくてやってきた娘たちが、ため息のような声をあげる。

六

法要をしたかった。

客を呼ぶために法要をしたい、というのは表向き。峰《みね》のためではなく、自分のために法要をしたかった。

東大寺《とうだいじ》は、後味の悪い事件だった。

菱沼《ひしぬま》が細工した東大寺は、表面に阿芙蓉《あふよう》（阿片《あへん》）が塗ってあったそうだ。ただし、お峰の持っていた香木は、海に落ちたため阿芙蓉の成分は、ほとんどが流れてしまっているそうだ。

蘭学医の絹《きぬ》先生の話によると、阿芙蓉はご禁制品であるものの、医療用に使うため、特別の許可を得た業者の手により、わずかに流通しているそうだ。

だが、菱沼は、その許可を得ていない。

阿芙蓉は、煙草のように吸引することで、麻薬の効果を発揮する。

大奥では、高価な伽羅《きゃら》に顔料を塗り、安物の沈香《じんこう》に見せかけた香木が珍重されていた。奢侈《しゃし》禁止令に配慮しているという体裁を繕うためである。

それを利用して、阿芙蓉を塗った香木を大奥で焚《た》けば、千代《ちよ》をいじめた同輩たちは中毒になる。千代は、同輩たちがおかしくなって、将軍に嫌われるようにしむけようとした。

阿片と顔料を塗った香木の効果を、散茶のお峰の局見世《つぼねみせ》で焚き、効果を試す。

お藤《ふじ》が言うには、お峰は憂鬱《ゆううつ》そうだったり、ふいに泣き出したり、ぼうっと考え事にふけっていたり、思い出し笑いをしていたそうだが、中毒症状がかなり進んでいたのだろう。

お峰が年季明けに東大寺を持ち逃げしたことから、菱沼はもうひとつ阿芙蓉香木をつくった。

ところが、その香木がどうしてだか小間物屋に流出し、若い娘が買ってしまった。

菱沼は、食客で用心棒の寺田《てらだ》に回収を命じる。緋色《ひいろ》小袖《こそで》娘三人殺しも、お峰の兄の太助《たすけ》を襲ったのも、東大寺を回収しようとしてのことだ。

菱沼は、抜け荷もご禁制品もやっていなかった。

千代は、道を歩いているときに将軍に見初められ、大奥にあがった。そのさい、肩身の狭い思いをしないようにと旗本の養子となり、人別帳まで改めたという。

遠山《とおやま》奉行の調査から漏れていたのはそのためだ。

遠山奉行は、前任の北町奉行の残した資料から、菱沼の娘が大奥にあがりお千代の方となっていることを知り、綾の情報を総合して、すべての絵解きをしてのけたのである。

七

「福増屋《ふくますや》お職、呼び出し昼三花魁《おいらん》、夕霧太夫、花手向けでございます」

男衆の声が響き、あでやかな打ち掛けを纏《まと》った遊女が行く。

しなやかな手で祭壇に花を手向ける。手を合わせる仕草さえも絵になっていた。

客たちは、今をときめく花魁の、美しくも真摯《しんし》な姿に見とれるばかりだ。

花魁は、卯の花を祭壇に供え、手を合わせたあと、募金箱に金子をざらざらと入れる。

花魁の打ち掛けは、いつにも増してあでやかで、さながら衣装の競い合いだ。

素人の娘たちはみな、あこがれの表情を浮かべて花魁を見つめている。

「なんてすてきなお着物かしら。夕霧太夫の打ち掛けの柄、御所車ね。あなたと同じじゃないの。あなたもよくお似合いよ」

「あら、そういうあなたこそ緋色の小袖がお似合いよ」

彼女らは、精一杯におしゃれをしている。緋色小袖を着ている娘も多い。

「緋色小袖が着られるようになってよかったこと」

「あの緋色小袖連続辻《つじ》斬りの下手人、お縄にされたんでしょう」

「ほんとうによかったわ。悪人は懲らしめられるべきですものね」

八

菱沼親子と寺田をお縄にしたことで、一大事は落着したかのように見えた。

だが、数馬の話によると、お裁きはきわめて異例な展開を遂げたという。

下手人の寺田は、死罪となった。

菱沼は過料（罰金）を納め蟄居《ちっきょ》している。

千代は剃髪《ていはつ》して尼寺に籠《こ》もった。

「過料ですか。軽すぎませんか？　蟄居って、武士が命じられる罰ですよね」

綾は首をひねった。

「ああ、そうだ。お千代の方が旗本の養女になっているため、目付の預かりになったそうだ。旗本の起こした大事は、町方には手出しできないのだ」

「遠流《おんる》まではいかなくても、江戸所払いと闕所《けっしょ》（財産没収）にはなると思っていました」

「お奉行も苦慮しておられた。なんでも将軍様から直々にお言葉があり、それ以上のことはできなかったそうだ」

「将軍様が……？」

「将軍様は、阿芙蓉は、結果的に大奥に出回らなかったのだから許してやれ、とおっしゃったそうだ」

「お嬢様、将軍様に好かれていたんですね。もしも阿芙蓉が大奥に入ったら、将軍様だって無事じゃなかったかもしれないのに」

いらだちが胸の奥でぐるぐるし、どうしていいかわからなくなる。叫びだしてしまいそうだ。

綾はギリッと親指を噛《か》んだ。

私のやったことは無駄だったのか。悪人が懲らしめられないなんて理不尽だ。

「これでは、殺された人たちの無念を晴らすことができません」

「綾殿の気持ちはわかるが、それが同心の仕事だと心得よ」

数馬にそう言われても、気持ちが治まるわけがなかった。

だが、数馬を責めても、いったん出てしまったお裁きは覆らない。

世の中は理不尽に満ちている。

その理不尽を正したくて、隠密《おんみつ》同心になったのに、自分の無力さに震えてしまう。

「下手人をお縄にした。大奥に阿芙蓉香木を入れずにすんだ。これから先出るかもしれない被害者を出さずに済んだ。綾殿は同心として一大事を解決した。それでいいではないか」

綾は深呼吸して憤りをなだめ、改めて聞いた。

「いま、菱沼廻船《かいせん》はどうなっているのですか?」

「とくに変化はない」

「え? 今も、商いを続けているのですか? 誰が、菱沼廻船の主人をしているのですか?」

主人が蟄居したのだ。闕所のお裁きはくだらなかったとはいえ、店はつぶれてなくなっているのではないかと思っていた。

「令二《れいじ》という番頭が主人になって、何も変わらず菱沼廻船を続けている」

「令二……いかにも目端の利きそうな若い番頭でした」

顔かたちが整っていて、廻船問屋で人足の相手をするよりも、小間物屋の店頭で紅を売るほうがいいのではないかと思ったほど。

若いのに番頭を任されていると聞いて驚いたことを思い出す。

「令二はやり手なんだそうだ。菱沼は、娘かわいさのあまり、商いには熱心ではなかったそうだ」

「菱沼廻船の商いは、同業者が嫉妬《しっと》するほど順調だったと聞きました。それは、あの令二という番頭のおかげだったのですか？」

「どうもそうらしい。奉行所に駆けこんで、大事を知らせてくれたのも令二だ」

「北町奉行所までは距離があります。私が寺田と斬り合いをはじめてから、奉行所まで行って帰るのは無理でしょう」

「違う。その三日前に、阿芙蓉香木を持ってきたのだ」

「三日前……？　香木の検分には三日も時間がかかるのですか？」

「いいや。奉行所で止められていたのだ。訴状だの何だのたくさん持ちこまれるから、処理しきれぬのだ」

「その三日で、太助さんが殺されずにすんだかもしれないのに！」

綾は納得できないものを感じていた。江戸町人の平凡な暮らしを守りたくて隠密同心になったのに、みすみす太助を殺させてしまった。

「菱沼の番頭が持ってきた香木は、峰の持っていたものと違い、阿芙蓉と顔料がしっかりと残っていたから、検分の決め手になった」

「どうして菱沼の番頭が香木をもってきたのでしょう？」

「令二は、『うちの商品だが、なにやら塗ってあってどうもおかしい。ご禁制品の阿芙蓉のような気がするのでお調べください』と言ったそうだ」

「えっ？　それって？」

菱沼廻船は阿芙蓉香木を二つ作っていた。ひとつは散茶の峰が持っていたもの。もうひとつは、「どうしてだか」小間物屋に売られてしまった。菱沼の用心棒の寺田の手による連続殺人は、それを回収しようとして起こったものだ。

なのにそれが「うちの商品」？　令二が奉行所に持って行った？

「香木は、小間物屋に売られてなかったのですか？　令二が持っていた？　小間物屋に売ったと菱沼に嘘をついた？　令二はどうしてそんなことをしたのですか？　何のために？」

「わからぬのか。お奉行はこうおっしゃった。『誰がいちばん得をしたか考えよ』」

「乗っ取り……？」

番頭による商家乗っ取り。

令二は、誠実に仕事をしながら、主人の菱沼が隙を作る瞬間を、今か今かと待っていたのだ。

そして、菱沼は、娘かわいさのあまり、見事に墓穴を掘ってしまった。

「じゃあ、令二を掴《つか》まえなくちゃっ！」

「無理だ。令二には咎《とが》はない。令二は、ご禁制品を奉行所に届けただけだ」

雷に打たれたような衝撃だった。

絹先生が、あの病室で、身体に障るからもう話すなと、金《きん》さんと数馬を追い出したわけだ。

綾は、悪人を懲らしめたくて、隠密同心になった。

悪人は誰だ？　嫉妬におかしくなった千代か？　娘かわいさのあまり、阿芙蓉《あふよう》香木を用意した菱沼か？　香木を持ち逃げしたお峰か？　菱沼に命じられ、香木探しのために五人も殺した寺田か？　香木を奉行所に届け菱沼廻船乗っ取りを謀った令二か？

無力感にさいなまれる。綾のしてきたことは無駄だったのではないか。隠密同心なんてやめて、綾音太夫もお咲《さき》に譲り、お針子として生きていこうか。

呆然《ぼうぜん》として黙りこむ綾を慰めるようにして、数馬が言った。

「綾殿の生家は、銀目手形の詐欺で闕所罰を受けたのだったな？」

「はい。私が五歳のときでした」

「ほんとうに綾殿の父上は詐欺を働いたのだろうか？」

思考力が低下しているのか、数馬の言葉の意味がわからない。

「は？」

「今回のようなことが、綾殿の父上の身に起こったのではないか？」

父は咎人《とがにん》ではないかもしれない？

それは、まっ暗な中で、ぽつんとともった小さな提灯《ちょうちん》のようだった。

「証拠があるんですか？　十三年前のことですよ」

「ない」

綾はくすっと笑った。

「やっと笑ったな。隠密同心を続けていたら、そなたの父上のことも、いつかはわかるのではないかと思うのだ。それがしが全力で補助をするゆえ、綾殿は、隠密同心を続けるべきだとそれがしは思う」

「私は卑賤《ひせん》な職業につく、下賤な遊女ではなかったんですか？」

「昔は思っていたが、今は思っておらぬ。頼りがいのある相棒だと思ってる」

数馬はそっぽを向いたままで言った。

頬が赤くなっている。

「はいはい。わかりました。よろしくお願いしますね。相棒」

「うむ」

「つきましては、中村《なかむら》様にお願いがあります。ひとつは瓦版《かわらばん》に渡りをつけてくださることと、もうひとつは……」

綾は居住まいを正して言った。

九

吉原仲の町表通りでは、呼び出し昼三花魁《おいらん》の、花手向けの儀が続いている。

「なんて美しいのかしら」

「でも、衣装の美しさでは、やはり先ほどの夕霧太夫だと思うわ」

「そうかしら。私は薄紅《うすべに》太夫のあの花づくしの打ち掛けが好き」

卯《う》の花法要は、花魁たちの衣装比べの様相を呈している。

娘客の喜びようは、これがほんとうに法要なのかと思うほど。

「これはどういう順番なの？　いろは順でもないし」

「瓦版には阿弥陀籤《あみだくじ》で決めたと書いてあるわ」

「綾音太夫はいつ出てくるのかしら。きっとすばらしい衣装なのでしょうね」

「七人目。次が綾音太夫ね」

「あら、どうしたのかしら。若い衆さんたちが、護摩木をもう一度燃やしているわ」

「煙いからいやよね」

十

「綾音太夫、花手向けでございます」

綾が緋毛氈《ひもうせん》の道に立つと、どよめきが起こった。

綾は白い喪服姿だった。

勝山に結った髪に吉丁簪《かんざし》ひとつ、白の綸子《りんず》の着物を纏《まと》い、白い帯を結んでいる。

胸に卯の花を抱いている。

簡素ないでたちなのにむしろそれが清楚《せいそ》に見えて、綾の持つ品の良さを引き立てている。

華美に装った花魁よりも、ぱっと目を引く美しさがあった。

禿《かむろ》のうさぎととんぼの先導で、綾が緋毛氈の道を行くと、ため息が渡っていく。

「喪服だよ」

「でも、綺麗《きれい》ね」

緋毛氈の赤と、禿の纏う赤い着物。華やかな色彩が溢《あふ》れているからこそ、喪服の白が引き立って見える。

綾は祭壇の前で手を合わせると、禿のとんぼとうさぎから香木をひとつずつ受け取り、煙を噴きあげている護摩壇にくべた。

表面に塗った阿芙蓉は、水で落とせる。何度も洗って阿芙蓉の成分は消してある。

この香木で五人が死んだ。

この法要は、五人の無念を晴らす法要だ。

千両箱二つに匹敵する香木が、煙になって消えていく。

馥郁《ふくいく》とした香りが立ち上る。

「何ていい匂いかしら」

「香木を焚《た》いたんだね」

客たちは、これが東大寺だということは知らないものの、甘く香《かぐわ》しい匂いに酔いしれた。

――お峰さん。太助さん。三人の娘さん。無念を晴らすことはできましたか？　私はもっといい隠密《おんみつ》同心になります。

綾は募金箱に金子をざらざらと入れ、再度手を合わせた。

緋毛氈の横にいた数馬と金さんも、客たちも遊女たちも、一緒になって手を合わせる。

東大寺を燃やした香りは、大江戸《おおえど》八百八町に届いたという。

富士見新時代小説文庫

おいらん同心《どうしん》捕物控《とりものひかえ》

わかつきひかる

平成27年3月20日　初版発行

発行者——郡司　聡
発行所——株式会社KADOKAWA
http://www.kadokawa.co.jp/
企画・編集——富士見書房
http://fujimishobo.jp
〒102-8177
東京都千代田区富士見2-13-3
電話　営業　03(3238)8702
　　　編集　03(3238)8641
印刷所——旭印刷
製本所——本間製本
フォーマットデザイン——ムシカゴグラフィクス

ISBN978-4-04-070544-6　C0193

旗本次男
武士を捨て婿入りし
米屋若旦那として奮励す！

【作品紹介】

旗本家次男の角次郎は米屋の主人に見込まれて婿に入った。婿に入ると聞いていた話と大違い、商いは芳しくなく妻は自分と口をきかない。角次郎は店を立て直すべく奮闘するが……。妻と心を通わせ商家を再興する物語。

入り婿侍商い帖（一）

入り婿侍商い帖（二）
水運のゆくえ

入り婿侍商い帖（三）
女房の声

著：千野隆司

装画：浅野隆広

富士見新時代小説文庫

天子直属の剣士『護人』が、江戸の不穏分子を斬る！
【作品紹介】
葛城九十郎は天子が危機に晒された際、これを守る剣士。過去の事件でその熱意を失っていたが、それでも江戸に住み探索を行うことになる。その結果、彼は朝廷のみならず、幕府をも揺るがす陰謀に巻き込まれるが……。

天子の御剣、推参！

秘剣京八流武芸控（二）

著：中岡潤一郎
装画：ヤマモトマサアキ

富士見新時代小説文庫

もてない同心がまさかの吉原勤め!?
【作品紹介】
雷平八郎は北町奉行所の定町廻り同心で、女にもてたためしがない。そんな彼は色恋に疎いところを見込まれ吉原勤番を命じられてしまう。百花繚乱、美しく咲き乱れる女の園で、平八郎が直面する愛憎渦巻く事件とは!?

廓《くるわ》同心雷《いかずち》平八郎 一 百花乱れる

廓《くるわ》同心雷《いかずち》平八郎 二 雷神のごとし

廓《くるわ》同心雷《いかずち》平八郎 三 野望の宴

著：鷹井伶

装画：宇野信哉

富士見新時代小説文庫

火事と喧嘩は江戸の華！
いよっ、お見事、若旦那!!
【作品紹介】
湯女に入れあげて追い出された呉服屋の若旦那、惣二郎。刀は持てぬが侍には引けを取らぬ。女には甘いが男には手厳しい。習い事に凝ったり、人妻に惚れたり、騒動に巻き込まれる天才の若旦那に降りかかる事件とは!?